KB092833

김 상 민

객 담

대양미디어

紫雲 金尚珉 作

好財釣名	재물과 명예를 탐하듯
學德切磨	학문과 덕을 쌓다 보면
孟軻無恐	맹자도 두려울 것 없고
孔丘何羨	공자인들 어찌 부러우랴

책 머 리 에

'어록'이란, 유가(儒家)의 경의(經義)나 불교의 교리 또는 위인이나 유명 인사들의 금언들을 기록한 책을 말한다. 그러나 필자는 위인이나 저명인사는커녕 겨우 면면장(免面墻)이나 할 정도의 백면서생인지라, 《김상민 어록》이라고 하기엔 너무 주제넘은 것 같아 장고(長考) 끝에 《김상민 개담》이라는 표제를 붙여, 늘 보고 듣고 느껴오던 단상(斷想)들을 글로 모아, 조그만 책자로 내놓게 되었다.

  원체 박학천식(薄學淺識)의 둔재라 어찌 감히 좌우명이 될 만한 촌철살인 명문의 어록이 되길 바라리오마는, "닭이 천 마리면 봉도 한 마리쯤은 나온다(千鷄一鳳)."고 했으니, 허튼소리 중에서도 어쩌다 한두 마디쯤은 새겨 들을 만한 구절도 나오리라는 자위감에서, 생각나는 대로 두서없이 무작위로 나열하여 민낯을 드러내게 되었사오나, 염치없는 객소리들 너그러이 헤아려 주시리라 믿는다.

아무쪼록 '문(文)·무(武)·용(勇)·인(仁)·신(信)'의 오덕을 갖춘 닭의 해 정유년을 맞이하여, 하시는 일마다 뜻대로 이루어지시길 바라면서, 바쁘신 중 짬 나시는 대로 곁눈질로라도 한 번씩 흘겨봐 주셨으면 하는 간절한 마음으로, 정성껏 두 손 모아 머리 숙인다.

2017년 정유년을 맞으면서
자운 김상민 합장

☞ 난 거짓말하기를 싫어한다. 남달리 청렴 결백하다거나 거짓말할 줄을 몰라서가 아니라, 거짓말한 내용을 일일이 기억해 둘 자신이 없기 때문이다. 김상민 객담

☞ 아무리 바빠도 내 장례식엔 꼭 참석할 생각이다. 김상민 객담

☞ 한약은 장복(長服)을 해야 약효를 볼 수 있다고 하니, 술도 장복을 해서 주효(酒效)를 볼 수 있도록 노력해 볼 생각이다. 김상민 객담

☞ 맹모삼천지교(孟母三遷之敎)도 그나마 다행이긴 하나, 맹자의 어머니가 좀 더 현명한 여자였더라면, 애당초 공동묘지 나 시장 근처로 이사할 것이 아니라, 곧 장 학교 근처로 갔어야 했다. 김상민 객담

☞ 음주와 흡연은 생명을 담보로 하는 식도
락 행위다. 김상민 객담

☞ 남자가 여탕으로 들어가면 '불법무기(권
총) 소지죄'에 해당되므로 주의할 것.
김상민 객담

☞ 변호사란, 피의자가 유죄인 줄 뻔히 알
면서도 그럴 듯한 궤변으로 무죄라고 우
겨대며, 비싼 구전(口錢)을 받아 챙기는
일종의 고급 거간꾼들이다. 김상민 객담

☞ 그대는 억센 바위 틈새에 가녀린 얼굴을
내민 풀꽃들의 강인한 생명력에, 대자연
의 심오한 섭리를 헤아려 보았는가? 달
밝은 밤 산사에서 들려오는 목탁소리나
성당 종소리에, 삶이 무엇인가를 가슴
깊이 성찰해 보았는가? 김상민 객담

☞ 성경 : 나 이외의 다른 신을 믿지 마라.

불경 : 마음이 곧 부처다. (心卽佛)

성경 : 구하라, 얻을지니.

불경 : 구하려는 욕심을 버려라.

성경 : 두드려라 열릴지니.

불경 : 대도무문(大道無門).

성경 : 네 이웃을 사랑하라.

불경 : 중생제도(모든 생명체들을 구제).

성경 : 살인을 하지 말라.(사람)

불경 : 살생하지 말라.(개미 1마리라도)

※ 이 밖에도 예수와 석가의 가장 큰 차
   이점은 바로 헤어스타일이다.

길상민 객담

☞ 기독교는 "나 이외의 신을 믿지 말라."
는 수직적 유일사상이요, 불교는 "마음
이 곧 부처(心卽佛)"라는 수평적 평등사
상이다. 길상민 객담

☞ 혼인 서약서에는 왜 A/S 규정은 물론, 품질보증서가 없을까? 길상민 객담

☞ 호랑이나 사자도 풀 없이는 살 수 없고, 산부인과 의사들도 남자들 없인 살 수 없다. 길상민 객담

☞ 동반자살하고도 존경받는 사람은 의기 논개요, 돌팔이 의사로도 크게 성공한 사람은 흥부의 동생 놀부다. 길상민 객담

☞ 세월을 낚는다는 강태공들의 한가한 낚 싯대 끝에도, 지렁이 한 마리에 목숨을 걸어야 하는 물고기들의 생사가 걸려 있고, 심심풀이 장난삼아 쏘는 새총에 도 결코 장난삼아 죽어 줄 수 없는 참새 들의 목숨이 달려 있다. 길상민 객담

☞ 이 세상에서 가장 살가운 말은 '엄마'이
며, 가장 존경스러운 말은 '어머니'다.
김상민 객담

☞ 책을 얼마나 많이 읽느냐가 중요한 것이
아니라, 무슨 책을 어떻게 읽느냐가 훨
씬 더 중요하다. 김상민 객담

☞ 관포지교(管鮑之交)의 관중과 포숙아나,
문경지교(刎頸之交)의 염파와 인상여 같
은 친구를 가진 사람들은, 신의 축복을
받은 사람들이다. 김상민 객담

☞ 조조는 "내가 세상을 버릴지라도 세상은
날 버리지 못하게 하리라."고 했지만,
유비는 "백성들이 날 버릴지라도 난 결
코 백성들을 버리지 않으리라."고 하여,
극히 대조적임을 알 수 있다. 김상민 객담

☞ 나는 절대로 분에 넘치는 행운을 바라지 않는다. 다만, 내 노력에 상반되는 불운을 원치 않을 따름이다. **김상민 객담**

☞ 성서는 2000년이 지난 지금에도 '신약성서'라 하고, 100세를 훌쩍 넘긴 유관순 열사도 '누나'라고들 하면서도, 겨우 고희를 넘긴 날더러는 '할아버지'라고들 하니 우째 이런 일이. **김상민 객담**

☞ 안연(顔淵)은 공자가 애지중지할 정도로 훌륭한 군자였는데도 굶어 죽다시피 했는가 하면, 사람의 간을 膾로 떠서 먹을 정도로 극악무도했던 대도(大盜) 도척(盜跖)은 평생 호의호식에 천수를 누리고 갔으니, 과연 하늘의 도가 옳은 것인가? 그른 것인가? (天道是也非也)

김상민 객담

☞ 원수가 될 친구도 있고, 친구가 될 원수도 있다. 김상민 객담

☞ 뒤로 한 발짝 물러서야 이기는 줄다리기의 교훈을 명심하라. 김상민 객담

☞ 시(詩)란, 한 편의 소설을 극히 절제된 문장으로 축약시켜 놓은 문자 예술이다. 김상민 객담

☞ 웃고 있는 모든 사람들이 다 행복한 게 아니듯이, 울고 있는 사람 모두가 불행한 것도 아니다. 김상민 객담

☞ '검소와 인색', '용맹과 무모', '신중과 우유부단' 등의 말들은 관점의 차이일 뿐, 일종의 이음동의어(異音同義語)라고 할 수 있다. 김상민 객담

☞ 자신의 양심에 용서받지 않아도 좋을 만큼 순결무구한 사람은 없다. **김상민 객담**

☞ 내빈 축사나 여자 치마 길이는 짧을수록 좋다. 아예 없으면 더욱 좋고. **김상민 객담**

☞ 추억은 재생할 수 없기에 더욱 그립고, 꿈은 미완성이기에 더욱 매력적이다.
김상민 객담

☞ 십년지기 친구도 실없는 농담 한마디에 평생 원수가 될 수도 있음을 명심하라.
김상민 객담

☞ 미친 사람 눈에는 성한 사람이 되레 미친 사람으로 보인다. 진짜 미친 사람은 자신이 미친 줄을 모르고 있기 때문이다. **김상민 객담**

☞ 모든 걸 돈지갑에 의존하는 사람을 가까이하지 마라. **김상민 객담**

☞ 유전(有錢)이면 금수강산이요, 무전(無錢)이면 적막강산이다. **김상민 객담**

☞ 간혹 뇌물에 매수되지 않는 청백리들도 있다. 다만, 액수가 문제이긴 하지만. **김상민 객담**

☞ 대부분의 거짓말은 지탄받아 마땅하나, 간혹 칭찬만으로도 부족한 거짓말도 있다. **김상민 객담**

☞ 설사 백척간두 벼랑 끝에 몰렸을지라도 결코 좌절하지 마라. 자고 나면 손자병법에도 없는 기발한 묘안이 떠오를 수도 있을 테니까. **김상민 객담**

☞ 내 자유를 위한답시고 남의 자유를 희생시키지 마라. 김상민 객담

☞ 모든 종교나 철학의 궁극적인 목표는, 인간다운 참된 삶을 추구하는 데에 있다. 김상민 객담

☞ 모르면서 알려고 하지 않는 것도 문제지만, 모르면서도 모르는 줄 모르는 게 더 큰 문제다. 김상민 객담

☞ 해야 할 일을 하지 않는 건 태만에 불과하지만, 하지 말아야 할 짓을 하는 건 범죄가 된다. 김상민 객담

☞ 짐(荷物)은 내 어깨의 짐이 가장 무거워 보이고, 음식은 남의 음식이 가장 맛있어 보이는 게 인지상정이다. 김상민 객담

☞ 노인들의 지팡이 소리는, 저승문을 두드리는 노크 소리다. 김상민 객담

☞ 까마귀 소리 자체가 불길한 것이 아니라, 듣는 사람의 마음이 불길하기 때문이다. 김상민 객담

☞ 미운 놈이 돈을 아끼면 인색하다고 손가락질하고, 고운 놈이 돈을 아끼면 알뜰하다고 칭찬한다. 김상민 객담

☞ 아무도 거들떠보지 않는 찌그러진 깡통도, 동냥아치들에겐 절대로 없어선 안될 생활필수품이다. 김상민 객담

☞ 스님이나 신부(神父)들은 존경받아 마땅하나, 너나없이 다 성직자가 되고 보면 인류는 곧 멸종되고 만다. 김상민 객담

☞ 천사 같은 악마가 있는가 하면, 악마 같은 천사도 있다. 김상민 객담

☞ 난 아직 책이나 고독보다 더 진실한 벗을 만나 본 적이 없다. 김상민 객담

☞ 누가 인생이 짧다고 탄식했던고? 하루살이의 일생에 비하면 영겁의 세월인 것을. 김상민 객담

☞ 악행을 하기 위한 선행은 물론, 선행을 하기 위한 악행도 결코 용납되어선 안된다. 김상민 객담

☞ 햇볕만 있어도 만족해하는 디오게네스의 행복이 있는가 하면, 천하를 얻고도 불로초에 목말라하는 진시황의 불만도 있다. 김상민 객담

☞ 몸이 아닌 분수에 맞는 옷을 고르고, 눈이 아닌 마음에 맞는 반려자를 택하라.

길상민 객담

☞ 고학력 저질 코미디언과 후안무치 전과자들을 무더기로 보려거든, 대한민국 여의도 국회의사당으로 직행하라.

길상민 객담

☞ 무소불위의 진시황, 삼천갑자 동방삭, 천하 명의 화타도 절대로 거절할 수 없는 것이 바로 '죽음'이라는 숙명이다.

길상민 객담

☞ 술·담배가 독약이라는 사실을 뻐언히 알면서도, 한사코 끊지 않겠다는 애주·애연가들의 얄미운 배짱에 삼가 경의를 표하노라. **길상민 객담**

☞ 증오보다 더 잔인한 것은 무관심이다.
김상민 객담

☞ 균형 잡힌 건강미가 잘생긴 얼굴보다 낫다. 김상민 객담

☞ 내일을 위한다는 핑계로 오늘을 희생시키지 마라. 오늘도 내일 못잖게 중요한 하루이기 때문이다. 김상민 객담

☞ 입만 벌렸다 하면 돈 자랑을 일삼는 사람은, 부자라는 것 외엔 아무런 자랑거리가 없기 때문이다. 김상민 객담

☞ 부부 관계란 비행기의 양쪽 날개와 같다. 한쪽 날개가 시원찮으면 아무리 열심히 날아도 지향하는 목적지에 안착할 수가 없기 때문이다. 김상민 객담

☞ 난 죽어도 못 죽어. (사형수의 절규)

김상민 객담

☞ 타는 속을 달래려는 술 담배에 속은 더욱 타 들어간다. **김상민 객담**

☞ 거지들은 망해 봤자 거지다. 따라서 망할 걱정 없이 사는 것도 신의 은총이다. **김상민 객담**

☞ 술을 물컵에 따라 마시면 물 마시는 줄로 알지만, 물을 술잔에 따라 마시면 술 마시는 것으로 알게 된다. **김상민 객담**

☞ 평론가란, 악전(樂典)만 알고 연주를 하지 못하는 음악 선생과 같고, 화법(畫法)만 알고 그림을 그릴 줄 모르는 미술 선생과 같다. **김상민 객담**

☞ 진퇴양난일 땐 좌우로 돌아가라.
김상민 객담

☞ 사생아란, 부적절한 결합에 죄 없는 씨
앗. **김상민 객담**

☞ 움직인 만큼 건강해지고, 먹은 만큼 살
이 찐다. **김상민 객담**

☞ 입신양명한 자가 겪은 지난날의 고난은
험난할수록 미화되지만, 실패한 자의 같
은 고난은 당연한 결과로 비난받기 마련
이다. **김상민 객담**

☞ 인도의 초대 수상 네루는 "정치란 국민
의 눈물을 닦아 주는 것."이라고 했는데
도, 우리 위정자들은 백성들의 눈물을
깔고 앉아 정치를 한다. **김상민 객담**

☞ 마음 따라 몸이 병들고, 몸 따라 마음도 병든다. 김상민 객담

☞ 가장 가증스러운 사탄은, 천사의 가면을 쓴 성직자들이다. 김상민 객담

☞ 진실 속에 감춰진 거짓이 있는가 하면, 거짓 속에 감춰진 진실도 있다. 김상민 객담

☞ 찢어진 상처는 꿰매버리면 그만이지만, 믿었던 사람에게 받은 마음의 상처는 무엇으로도 꿰맬 수 없다. 김상민 객담

☞ 기쁘다고 해서 너무 발광하지 마라. 볼썽사납다. 슬프다고 해서 지나치게 서러워도 하지 마라. 죄없는 몸만 상하느니라. 김상민 객담

☞ 배고플 때의 찬밥 한 덩이가, 배부를 때의 수라상보다 낫다. 김상민 객담

☞ 세상이 바뀌지 않거나 바꿀 자신이 없거든 먼저 자신을 바꿔라. 김상민 객담

☞ 비에 젖은 장미꽃처럼, 아리따운 여인은 흐느끼고 있을 때가 더욱 매혹적이다. 김상민 객담

☞ 뜻밖의 행운이 불행의 씨앗이 될 수도 있고, 졸지의 불행도 전화위복이 될 수도 있다. 김상민 객담

☞ 탐험가들이 절체절명의 모험을 즐기는 이유는, 역경을 극복하는 고난과 시련이 크면 클수록 성취감 또한 배가(倍加)되기 때문이다. 김상민 객담

☞ 자부심은 가지되 자만심은 버려라.
김상민 객담

☞ 가질 수 없는 것에 집착하지 말고, 가지고 있는 것에 고마워하라. **김상민 객담**

☞ 소를 죽이는 건 일반인데도 투우사는 영웅으로 존경하고, 백정은 천민으로 냉대한다. 다만, 투우사는 오락으로 살생을 하지만, 백정은 단지 먹고 살기 위한 생계수단으로 도살할 뿐이다. **김상민 객담**

☞ 사물을 관찰할 땐 두 눈으로 똑바로 직시해야 한다. 늘 얼굴 중앙에 고정되어 있는 코도, 왼쪽 눈을 감고 보면 오른쪽에 있고, 오른쪽 눈을 감고 보면 왼쪽에 있는 것으로 착시(錯視)되기 때문이다.
김상민 객담

☞ 오뉴월에도 추운 날이 있고, 동지섣달에도 더운 날이 있다. 김상민 객담

☞ 실패를 두려워하지 말고, 성공을 위한 값진 투자라고 생각하라. 김상민 객담

☞ 때늦은 구원의 손길은, 이미 불타 버린 뒤에 출동한 소방차와 같다. 김상민 객담

☞ 친구들에게 불신당하는 친구도 불행한 친구이지만, 친구들을 불신하는 친구는 더욱 불행한 친구다. 김상민 객담

☞ 좋은 시를 쓰려면 보통사람들의 통상적인 생각에서 벗어나, 눈에 보이지 않는 내면세계를 약간 삐딱한 감각으로 관조할 수 있는 통찰력과, 기발한 상상력으로 무장되어 있어야 한다. 김상민 객담

☞ 시들지 않는 꽃이 없고, 늙지 않는 젊음
도 없다. 김상민 객담

☞ 품위 없는 여인의 미모는 향기 없는 꽃
과 같다. 김상민 객담

☞ 올림픽 메달을 싹쓸이하려면, 각 방송국
의 캐스터와 해설위원들로 선수단을 구
성하면 된다. 김상민 객담

☞ 거지, 그들은 법정 스님 무소유의 철학
을 가장 철저하게 실천하는 대표적인 실
증주의자들이다. 김상민 객담

☞ 아내가 불륜을 저지르면 남편들은 우선
아내부터 다그치지만, 부인들은 바람피
운 남편보다 상대방이 어떤 여자인가에
더욱 신경을 곤두세운다. 김상민 객담

☞ 관광객과 방랑객의 차이점은 지갑의 부
피에 따라 좌우된다. 김상민 객담

☞ 좋은 아빠 어진 남편을 바란다면, 먼저
현모양처가 되어 보라. 김상민 객담

☞ 질투에는 성별이 없다. 다만, 남자이기
에 대범한 척할 뿐이다. 김상민 객담

☞ 가수가 되지 못해 작곡가가 되고, 배우
가 되지 못해 감독이 된다. 다만, 학생이
될 수 없어 교수가 되는 예는 없다.
김상민 객담

☞ 사회적인 저명인사나 사서오경 등의 글
을 수시로 인용하는 것은, 자신의 글이
나 말을 더욱 돋보이게 하기 위한 일종
의 과대포장행위에 불과하다. 김상민 객담

☞ 전자계산식보다 주먹구구식 계산이 더 효과적일 경우도 있다. 김상민 객담

☞ 유식해서 불행한 사람들도 있는가 하면, 무식해서 행복한 사람들도 있다.
김상민 객담

☞ 분노나 미련 때문에 괴로워하느니보다 차라리 털어버리고 웃는 편이 낫다.
김상민 객담

☞ 서재 없는 저택은 법당 없는 사찰과 같고, 장서 없는 책장은 불상 없는 법당과 같다. 김상민 객담

☞ 모든 연극 영화나 문학 작품을 막론하고, 선을 강조하기 위하여 악을 더욱 과장하기 마련(勸善懲惡)이다. 김상민 객담

☞ '삼국지'나 '손자병법'도 운용하기 나름이다. 김상민 객담

☞ 격노(激怒)했을 때의 언행이 바로 그 사람의 인격이요 인품이다. 김상민 객담

☞ 군자들의 지혜는 만인의 등불이 되지만, 소인배들의 지혜는 사회를 좀먹는 악성 바이러스가 된다. 김상민 객담

☞ 노숙자들에게도 가진 자들이 이해할 수 없는 행복이 있고, 그들 나름대로의 철학과 윤리관도 있다. 김상민 객담

☞ 언행을 삼가면 공연한 시비로 마음 상할 일이 없고, 욕심을 버리면 사촌이 논을 사도 기꺼이 축배를 들 수 있다.
김상민 객담

☞ 주는 자만이 얻을 수 있고, 베푸는 자만이 도움을 받을 수 있다. 김상민 객담

☞ 도전자들의 궁극적인 목표는, 되지 않는 것을 되게 하는 데에 있다. 김상민 객담

☞ 만약 아담에게 하와(이브)가 없었더라면, 에덴동산도 낙원이 아닌 지옥이 되었으리라. 김상민 객담

☞ 가세(家勢)가 기울 땐 우정을 알 수 있고, 나라가 위태로울 땐 충신을 알아 볼 수 있다. 김상민 객담

☞ 노숙자들이 엄동설한 지하도 콘크리트 바닥에 누워, 화려했던 지난날을 회상하는 것보다 더 비참한 인생무상은 없다. 김상민 객담

☞ 파격적인 예술작품은 이론을 무시한다.
김상민 객담

☞ 예쁜 여자의 실수는 애교로 넘어가지만, 미운 여자의 실수는 사고로 처리된다.
김상민 객담

☞ 행주와 걸레는 훔치면 훔칠수록 더러워지지만, 성현들의 지혜는 훔치면 훔칠수록 빛이 난다. **김상민 객담**

☞ 궂은일엔 남보다 앞장서되, 논공행상엔 한 발짝 뒤로 물러서는 것이 참다운 군자의 덕목이 된다. **김상민 객담**

☞ 과학자들은 불가사의한 영적세계를 물리학적으로 설명할 자신이 없으면, 무조건 미신으로 매도해 버린다. **김상민 객담**

☞ 때로는 성공보다 실패가 더 값진 경우도 있다. 김상민 객담

☞ 노력 끝에는 성취감이 따르지만, 쾌락 끝에는 허탈감이 따른다. 김상민 객담

☞ 제갈량의 계책은 '묘책'이라고 감탄하면서도, 조조의 계책은 '간계'라고 비난한다. 김상민 객담

☞ 지극정성으로 기도해도 망하는 자가 있고, 예수·석가 모르고 살아도 흥하는 자도 있다. 김상민 객담

☞ 범죄의 이면에는 십중팔구 여자가 있기 마련이다. 그러나 여자가 있다고 해서 십중팔구 범죄가 있는 건 아니다. 김상민 객담

☞ 타인을 나처럼 생각하라. 길상민 객담

☞ 거짓말은 모든 악의 근원이 된다.
  길상민 객담

☞ 베풀되 베푼다고 생각하면 옳은 베풂이
  라고 할 수 없다. 길상민 객담

☞ 술도 역시 물은 물이다. 다만, 약간의 알
  콜이 혼합되었을 뿐이다. 길상민 객담

☞ 공부는 하면 할수록 점점 무식한 자신을
  발견하게 되어 더욱 갈증을 느끼게 된
  다. 길상민 객담

☞ 남의 결점을 꼬집듯이 자신의 결점을 보
  완하고, 자기 자랑하듯이 남의 장점을
  칭찬해 보라. 길상민 객담

☞ 내 주머니 속에 편히 잠들어 있는 신사
임당 초상화 몇 점이, 이조판서 처삼촌
보다 믿음직스럽다. 길상민 객담

☞ 민족적 서정시인 윤동주는 생전에 시집
한 권 출판해 보지 못한 무명 시인이었
으며, 네덜란드의 화가 반 고흐는 생전
에 단 한 점의 그림 밖에 팔아보지 못한
불우한 화가였다. 길상민 객담

☞ 남을 도우며 살라는 미국인들의 봉사정
신, 독서와 창의력을 강조하는 유대인들
의 시오니즘, 남에게 폐를 끼치지 말라
는 일본인들의 공중도덕, 질서와 여유를
중시하는 독일인들의 생활의식, 그러나
절대로 남에게 지지 말라며 윽박지르는
한국인들의 가정교육. 오호, 통재로고.

길상민 객담

☞ 인체는 우주의 축소판이요, 반야심경은 팔만대장경의 축소판이다. **김상민 객담**

☞ 나는 유식해지고 싶어서가 아니라, 무식을 면하기 위하여 공부할 따름이다.
김상민 객담

☞ 나의 애옥살이는 부자가 싫어서도 아니요 가난이 좋아서도 아니다. 그저 분에 넘치는 욕심을 부리지 않을 뿐이다.
김상민 객담

☞ 집착하지 마라. 있는 것 같아도 없는 것이 구름이요, 없는 것 같아도 있는 것이 바람이니, 구름이 눈에 보인다고 해서 어찌 있다고만 우길 것이며, 바람이 눈에 보이지 않는다고 해서 어찌 없다고만 고집하겠는가? **김상민 객담**

☞ 목사는 술에 취해 넘어져도 하나님 뜻으로 넘어졌다고 하지만, 술주정꾼은 맨정신에 넘어져도 술에 취해 자빠졌다고 쑥덕거리기 십상이다. 김상민 객담

☞ 공짜로 얻었다고 해서 기뻐할 것 없다. 본시 어딘가에 있던 것을 잠시 보관할 뿐인데 무엇을 기뻐하며, 장중보옥을 잃었다고 해서 너무 애석해할 것도 없다. 애당초 내 손에 없던 것이 떠났을 뿐인데 무엇을 슬퍼하겠는가? 김상민 객담

☞ 글을 쓰는 자신들도 무슨 말인지 모를 아리송한 글들을 쓰면서도, 대단한 문필가인 양 거들먹거리는 돌팔이 작가들을 보면 안쓰럽기 그지없지만, 그 첫 번째 속물이 바로 나 자신이고 보니 참으로 딱한 노릇이 아닐 수 없다. 김상민 객담

☞ 어제 얻은 걸 오늘 잃을 수도 있고, 오늘 잃은 것을 내일 곱으로 얻을 수도 있다. 길상민 객담

☞ 타인의 실수를 용서할 줄 모르는 사람은, 자신의 허물도 용서받을 자격이 없다. 길상민 객담

☞ 나는 네가 될 수 없고 너는 내가 될 수 없듯이, 나는 나다워야 하고 너는 너다워야 한다. 길상민 객담

☞ 이 세상에서 가장 존경스러운 분도 어머니요 가장 애석한 분도 어머니시다. 왜냐하면, 석가나 공자를 낳으신 분도 어머니이신가 하면, 폭군 네로나 살인마 히틀러를 낳으신 분도 어머니이시기 때문이다. 길상민 객담

☞ 때맞춘 칭찬 한마디는, 기회 놓친 열 마디 찬사보다 낫다. 김상민 객담

☞ 눈[眼]이 아무리 높다 해도 눈썹 위를 오를 수 없고, 미니스커트가 아무리 짧다 해도 팬티 위를 오를 순 없다.
김상민 객담

☞ 술은, 소크라테스나 플라톤을 비롯한 이 세상의 모든 철학자들이 길러낸 제자들보다, 훨씬 더 많은 철인(哲人)들을 길러내고 있다. 김상민 객담

☞ 누구에게나 착한 마음도 있고 악한 마음도 있지만, 착한 사람은 악한 마음을 오래 품고 있지 않은 대신, 악한 사람은 착한 마음을 오래 간직하지 못한다는 차이점이 있다. 김상민 객담

☞ 한 번 불타버리고 남은 재는 두 번 다시 불붙지 않는다. 김상민 객담

☞ 나쁜 습관임을 깨닫지 못하는 버릇이 가장 못된 버릇이다. 김상민 객담

☞ 남자라고 해서 다 늑대가 아니듯이, 여자라고 해서 다 천사들도 아니다.
김상민 객담

☞ 성한 사람이 못된 짓 하는 것도 미친 짓이지만, 미친 사람이 성한 짓 하는 것 또한 미친 짓이다. 김상민 객담

☞ 전쟁터에서 총칼은 잃어버리더라도 군인 정신만은 잃지 말아야 하며, 목숨은 버리더라도 조국을 버려선 안 된다.
김상민 객담

☞ 만행을 응징한다는 핑계로 또 다른 만행을 저질러선 안 된다. **김상민 객담**

☞ 다양한 소질을 가진 아마추어보다, 한 가지 일에 능통한 전문가가 되라.
김상민 객담

☞ 속이 꽉 찬 박달나무는 부러질지언정 휘어지지 않고, 속이 텅 빈 대나무는 휘어질지언정 부러지진 않는다. 그렇다고 해서 사악한 인간들처럼 절대로 서로의 약점을 헐뜯는 일은 없다. **김상민 객담**

☞ 세상의 모든 아내들은 남편들에게 많은 결점이 있음을 신께 감사드려야 한다. 왜냐하면, 백마를 탄 완전무결한 남자라면 천사도 아닌 그대를 결코 아내로 맞아들일 바보는 없을 테니까. **김상민 객담**

☞ 미친놈의 세상에선 성한 놈이 미친놈이
될 수밖에 없다. 길상민 객담

☞ 알아야 할 걸 모르는 것도 병이지만, 몰
라야 할 걸 아는 것도 병이다. 길상민 객담

☞ 인생이란 못다 이룬 꿈을 찾아 광활한
사막을 끝없이 헤매는 외로운 방랑자들
이다. 길상민 객담

☞ 주위를 돌아볼 줄 모르는 부유한 일가친
척보다, 가슴 따뜻한 가난한 이웃이 훨
씬 낫다. 길상민 객담

☞ 남편을 상감으로 모시면 아내는 중전마
마가 되지만, 남편 손에 깡통을 들리게
되면 아내는 거지 마누라가 될 수밖에
없다는 사실을 모르고 산다. 길상민 객담

☞ 뜻은 높이되 몸은 낮추고, 견문은 넓히
되 말은 삼가라. **김상민 객담**

☞ 존경받는 가난뱅이가 될지언정, 지탄받
는 부자는 되지 마라. **김상민 객담**

☞ 자신의 결점은 볼록렌즈로 보되, 남의
결점은 오목렌즈로 보라. **김상민 객담**

☞ 후회와 절망은 짧고 단호하게,
용기와 희망은 크고 끈질기게.
김상민 객담

☞ 승부에 이길 자신이 없거든 솔직히 패배
를 인정하고 훗날을 기약하라. 월나라
구천왕도 20년 간 쓸개를 핥은(嘗膽) 끝
에 성취한 '회계지치(會稽之恥)'의 고사
(古史)도 있지 않은가? **김상민 객담**

☞ 잃고 싶지 않거든 가지려는 욕심부터 버려라. 김상민 객담

☞ 희망도 거저요 절망도 공짜지만, 선택은 각자의 몫이다. 김상민 객담

☞ 전혀 흠잡을 데 없는 완전무결한 현인도 없고, 조금도 칭찬받을 수 없는 바보도 없다. 김상민 객담

☞ 연꽃은 진흙 속에서 피기에 더욱 청초해 보이고, 하얀 목련꽃은 푸른 잎이 있기에 더욱 화사해 보인다. 김상민 객담

☞ 미워하는 마음을 버려라. 증오하는 마음은 누구에게도 도움이 되지 않는 백해무익한 스트레스 증후군이 될 뿐이다. 김상민 객담

☞ 주인공의 고난이나 선행이 과장되지 않은 위인전은 없다. **김상민 객담**

☞ 타인의 불행 위에 자신의 금자탑을 세우는 건 일종의 죄악이다. **김상민 객담**

☞ 아무리 값비싼 금은보화도, 목말라 죽어가는 캐러밴들에겐 물 한 모금만도 못하다. **김상민 객담**

☞ 추야장 깊은 밤에 임 그리워 탄식하는 청상과부의 흐느낌보다 더 애절한 장한가(長恨歌)가 또 있을까? **김상민 객담**

☞ 다복한 사람들에겐 죽음이 저주가 되겠지만, 삶이 고통스러운 사람들에겐 차라리 죽음이 신의 축복이 될 수도 있다. **김상민 객담**

☞ 획기적인 발명 치고 황당한 발상 아닌 것이 없다. 길상민 객담

☞ 다소의 차이는 있을지언정, 과대망상증 없는 예술가는 없다. 길상민 객담

☞ 나는 이 세상의 모든 친분을 잃을지라도, 책과의 인연만은 절대로 포기할 생각이 없다. 길상민 객담

☞ 누구에게나 떳떳하고 자랑스러운 무용담이 있는가 하면, 혼자서도 낯 뜨거운 과거들을 지니고 산다. 길상민 객담

☞ 전쟁이란, 구승일패(九勝一敗)의 전적(戰績)을 쌓았어도 마지막 일전을 패하게 되면, 아홉 번의 승리도 물거품이 되고 만다. 길상민 객담

☞ 총 쏠 땐 애꾸눈이 제격이요, 모심기할 땐 꼽추가 제격이다. **길상민 객담**

☞ 눈물은 슬픔의 표현이지만, 또 다른 희열의 표현이 되기도 한다. **길상민 객담**

☞ 칭찬을 받기 위한 선행(善行)은, 이미 순수한 덕행(德行)이라 할 수 없다.
길상민 객담

☞ 어제의 시점에서 보면 오늘이 곧 내일이요, 내일의 시점에서 보면 오늘이 곧 어제가 된다. **길상민 객담**

☞ 참새나 까치가 맨발로 뛰는 것은 땅바닥이 뜨거워서가 아니라, 그들에겐 걷는 것보다 뛰는 것이 편하기 때문이다.
길상민 객담

☞ 요조숙녀(窈窕淑女)도 남자가 없으면 제 구실을 할 수 없다. **김상민 객담**

☞ '엄마·아빠'의 탄생 연월일은 첫아기의 출생 연월일과 동일하다. **김상민 객담**

☞ 가장 비극적인 출생은, 겁탈이나 콘돔 파열로 인하여 생긴 씨앗이다.
김상민 객담

☞ 진실을 고백할 배짱이 없어 거짓말을 하느니보다는, 차라리 침묵을 지키는 편이 낫다. **김상민 객담**

☞ 소크라테스가 "나는 내가 무지하다는 사실 외에는 아무것도 모른다."고 고백(?) 했지만, 나 역시 충분히 무식하다는 것쯤은 익히 알고 있다. **김상민 객담**

☞ 이기고 싶거든 지는 법부터 배워라.

김상민 객담

☞ 창피를 무릅쓰고 배운 지식은 절대로 잊혀지지 않는다. **김상민 객담**

☞ 머릿속을 욕심으로 가득 채우면, 지혜가 비집고 들어갈 틈이 없게 된다.

김상민 객담

☞ 장기나 바둑 중계를 좀 더 사실적으로 보려면, TV를 눕혀 놓고 보면 된다. 따라 할 바보는 없을 테지만. **김상민 객담**

☞ 남편이 부인의 영정 앞에서 슬피 우는 이유는, 죽은 아내가 불쌍해서라기보다 홀로 살아가야 할 자신의 처지가 처량하기 때문이다. **김상민 객담**

☞ 진실이 통하지 않을 땐, 속임수가 묘약이다. **김상민 객담**

☞ 자살할 수 있는 용기가 있다면, 사는 것정도는 식은 죽 먹기다. **김상민 객담**

☞ 독서는 눈으로 먹는 정신적 자양분이 되고, 칭찬은 귀로 먹는 육체적 활력소가된다. **김상민 객담**

☞ 걸레는 아무리 빨아도 행주로는 쓸 수없고, 요강은 금도금을 한다 해도 밥통으로는 쓸 수 없다. **김상민 객담**

☞ 난 승부를 가리는 모든 게임을 싫어한다.지고도 기분 좋을 리 없으니 지는 것도싫거니와, 남에게도 언짢은 기분을 안겨주고 싶지 않기 때문이다. **김상민 객담**

☞ 물을 끓이려면 불을 지펴야 하고, 불을 끄려면 물로 제압해야 한다. 길상민 객담

☞ 조조처럼 교활(?)하지 말고, 유비처럼 인자하고 제갈량처럼 지혜롭게 처신하라. 길상민 객담

☞ 마음만 있으면 눈을 감아도 보이지만, 마음이 없으면 눈을 떠도 보이지 않는다. 길상민 객담

☞ 아버지는 떠난 후에야 보고 싶은 사람이라면, 자식은 죽기 전에 보고 싶은 사람인가? 길상민 객담

☞ 배고픈 사람 밥 한 술 공양하는 편이, '나무아미타불', '할렐루야'백 번 찾는 것보다 낫다. 길상민 객담

☞ 물에 뜨는 돌이 있는가 하면, 물에 가라 앉는 나무도 있다. **김상민 객담**

☞ 배고플 땐 먹는 것이 보약이요, 졸릴 땐 자는 것이 묘약이다. **김상민 객담**

☞ 내게서 떠난 사람을 원망하기 전에, 그를 떠나게 한 내 잘못이 무엇인가를 돌이켜 보라. **김상민 객담**

☞ 비행기는 하늘을 나는 것이 지상(至上) 목표이지만, 무사히 착륙하는 건 그보다 더 중요한 과제가 된다. **김상민 객담**

☞ 생(生)과 사(死)는 선택의 여지없는 숙명 이지만, 잘살고 못사는 것은 각자의 노력 여하에 따르는 운명이라 할 수 있다. **김상민 객담**

☞ 내가 비록 가진 게 없다 해도, 성철 스님
이나 법정 스님에 비하면 엄청난 부정축
재를 하고 있는 게 틀림없다. 김상민 객담

☞ 신행길 처갓집은 천 리 길도 지척이 되
지만, 상처(喪妻)한 처갓집은 십 리 길도
천리원정(千里遠程)이 된다. 김상민 객담

☞ 선거 출마자들이 표를 구걸할 때의 겸손
과 인간미가, 당선 후에도 여전하리라
믿는 건 부질없는 망상이다. 김상민 객담

☞ 사해(死海)는 갈릴리 호와 요르단 강 물
을 유입하면서도 유출구가 없어 죽은 바
다(Dead Sea)가 되었듯이, 인생사 역
시 받을 줄만 알고 줄 줄을 모르는 사람
은 죽은 사람(死者)과 다를 바 없다.
김상민 객담

☞ 호박꽃은 수더분하기에 천수를 누리지
만, 장미꽃은 아름답고 요염하기에 단명
하고 만다. 길상민 객담

☞ 남자들은 속물이라며 비아냥거리면서
도, 그런 속물들에게 빌붙어 사는 게 바
로 여자란 동물들이다. 길상민 객담

☞ "이혼한 부부들은 인생의 절반을 실패한
사람"이라고들 하지만, 어쩔 수 없이 마
지못해 사는 부부들은 인생의 전부를 실
패하는 사람들이다. 길상민 객담

☞ 장님이 "눈에 보이는 게 없다"거나 "눈
뜨고 못 보겠다"든지 하는 말은 지극히
당연한 말씀이다. 그러나 "뜬눈으로 밤
새웠다"는 말은 터무니없는 거짓말이
될 수밖에 없다. 길상민 객담

☞ 누군가에게 배울 것이 없으면 배우지 말아야 할 것을 배워야 한다. 김상민 객담

☞ 사랑의 역사가 이루어진 그 순간부터 황홀감은 서서히 식어가기 시작한다.
김상민 객담

☞ 용수철은 누르면 누를수록 더 강하게 튀어 오르고, 당기면 당길수록 더욱 움츠러든다. 김상민 객담

☞ 평생 칼만 들고 설치는 외과 의사들이 있는가 하면, 남의 등만 쳐 먹고 사는 안마사들도 있다. 김상민 객담

☞ 셰익스피어가 "아름다운 아내를 가진다는 것은 지옥"이라고 했으니, 나는 지금 천당에서 살고 있는 셈이다. 김상민 객담

☞ 이정표 없는 하늘에도 갈 길이 있고 가
지 말아야 할 길이 있다. 김상민 객담

☞ 이혼율을 줄이는 가장 현명한 방법은,
아예 결혼을 하지 않는 것이다.
김상민 객담

☞ 돌대가리나 철면피의 피부를 뚫고 나온
머리칼과 수염은 철사보다 강하다.
김상민 객담

☞ 고기를 낚으려면 떡밥부터 뿌려야 하고,
족제비를 잡으려면 올가미부터 마련해
야 한다. 김상민 객담

☞ F M 노리스가 "결혼은 복권과 같다."고
했으나, 복권은 폐기처분할 수도 있고
'아차상'이란 것도 있잖은가? 김상민 객담

☞ 인생은 60부터? 노망도 60부터.

김상민 객담

☞ 남 같은 내가 되지 말고, 나 같은 내가 되라. **김상민 객담**

☞ 왕복 차표만 있다면 저승도 한 번쯤은 다녀오고 싶은 곳 중 하나다. **김상민 객담**

☞ 신부의 하얀 웨딩드레스가 순결의 상징 이라면, 신랑의 검정색 예복은 불순의 표상인가? **김상민 객담**

☞ 채무자들 중에는 밥을 굶고서라도 빚부 터 먼저 갚는 사람과, 쓸 것 쓰고 남아야 갚는 사람이 있는가 하면, 쓰고 남아도 갚지 않는 몹쓸 인간들이 있어 천당과 지옥이 있는 게 아닐까? **김상민 객담**

☞ 언행(言行)의 품격이 곧 그의 인격이다.
  김상민 객담

☞ 안경 쓴 대머리 거지 없고, 교통 사고당
  한 장님 없다. 김상민 객담

☞ 답답하기로서니, 장님 집에 도둑 들었을
  때나, 벙어리 집에 불났을 경우에 비할
  수가 있을까? 김상민 객담

☞ 조화(造花)는 아무리 화려해도 파리들만
  꼬여들지만, 이름 없는 들꽃에는 벌 나
  비들이 날아든다. 김상민 객담

☞ 왕좌(王座)까지 고사(固辭)한 백이·숙제
  같은 형제들이 있는가 하면, 반목과 알
  력으로 조조에게 자멸당하고 만 원담과
  원상 같은 형제들도 있다. 김상민 객담

☞ 주지 않으려거든 받을 생각도 하지 마라. **김상민 객담**

☞ 축복받아야 할 만남이 있는가 하면, 저주받아야 할 만남도 있다. **김상민 객담**

☞ 훌륭한 조미료에 향신료이자 강장제인 마늘도 지독한 냄새가 난다는 결점이 있다. **김상민 객담**

☞ '건강한 신체에 건강한 정신'이란 말은 허구일 수밖에 없다. 왜냐하면, 헬렌 켈러는 듣지도 보지도 말하지도 못하는 삼중고의 맹·농아자인데도 '빛의 천사'로 추앙받는가 하면, 스티븐 호킹 박사는 사지가 뒤틀리는 루게릭병을 앓고 있으면서도 세계적인 우주물리학자로 존경받고 있기 때문이다. **김상민 객담**

☞ 경찰서라고 해서 도둑 들지 말란 법 없고, 소방서라고 해서 불나지 말란 법 없다. 김상민 객담

☞ 노블레스 오블리주의 도덕군자라 해도, 예비군복을 입혀 놓으면 으레 훈련병 언행을 하기 마련이다. 김상민 객담

☞ 똑같은 그림도 화장실 벽에 걸려 있을 때와, 회장실 벽에 걸려 있을 때의 그림 값어치는 판이하게 인식되기 마련이다. 김상민 객담

☞ 천 리 밖을 내다본다는 천리안의 양일(楊逸)도 자신의 눈썹 하나 보지 못했으며, 최첨단 내시경으로도 여자 마음 하나 들여다 볼 수 없다. 김상민 객담

※ 양일 : 중국 북위(北魏)의 정치가.

☞ 남자들의 마음을 움직이는 데에 여인의
눈물보다 더 훌륭한 무기는 없다.
김상민 객담

☞ 걸핏하면 남녀평등을 부르짖으면서도
아직 여자들의 병역의무를 요구하는 여
권 신장론자는 없다. **김상민 객담**

☞ 창검이 있으면 방패가 있고, 독약이 있
으면 해독제가 있듯이, 문제가 있으면
반드시 해답이 있기 마련이다.
김상민 객담

☞ '개꽃(철쭉)'을 '참꽃(진달래)'이라고 부
른다고 해서 그 품격이 업그레이드되는
것도 아니요, '사자'를 '쥐새끼'라고 부
른다고 해서 그 위용이나 용맹성이 훼손
되는 것도 아니다. **김상민 객담**

☞ 과감한 포기도 진정한 용기다.
길상민 객담

☞ 모르는 것도 잘못이지만, 잘못 알고 있는 건 그보다 더 큰 잘못이다. 길상민 객담

☞ 수만리 창공을 누비는 초음속 비행기도 양력(揚力)을 얻기 위하여 열심히 준비 운동을 해야 한다. 길상민 객담

☞ "바퀴벌레가 남자들의 정력에 특효"라는 SNS 광고 한 컷이면, 한 달 내로 바퀴벌레 삼족을 멸할 수 있다. 길상민 객담

☞ 이혼녀의 자녀는 계부(繼父)나 엄마의 성을 따를 수도 있다지만, 자고이래로 조상까지 욕 먹이는 가장 패륜적인 악담이 바로 '성을 갈 놈'이다. 길상민 객담

☞ 금·은·동메달의 색깔은, 자신의 재능과 흘린 땀의 양에 비례한다. 김상민 객담

☞ '천체온도조절기'를 발명할 수만 있다면 천재지변 걱정은 없앨 텐데. 김상민 객담

☞ 자기 말만 하고 들을 줄을 모르는 사람과, 듣기만 하고 입을 봉하고 있는 사람들을 경계하라. 김상민 객담

☞ 백정들이 돼지 멱따는 소리에 신명 돋우듯이, 독재자들은 국민들의 원성과 탄식소리를 응원가로 착각한다. 김상민 객담

☞ 이미 등 돌린 여자라면 치맛자락 붙들고 늘어질 것 없다. 진달래꽃 지고 나면 철쭉꽃이 피고, 모란이 시들고 나면 함박꽃이 활짝 웃지 않던가? 김상민 객담

☞ 맵시 있는 몸매가 부럽거든, 우선 먹는 욕심부터 버려라. 김상민 객담

☞ 만남 없는 이별 없고, 이별 없는 만남 없으니, 인생살이란 만남과 이별의 연속극이라 할 수 있다. 김상민 객담

☞ 사회적인 지도자가 되려면, 세상의 모든 오·폐수도 차별 없이 수용하여 정화하는 바다의 포용력을 배워야 한다.
김상민 객담

☞ 참새는 뛸 줄만 알고 걸을 줄을 모르지만, 느림보곰(Sloth Bear)은 걸을 줄만 알고 뛸 줄을 모른다. 참새는 굳이 걸어야 할 필요가 없고, 느림보곰은 굳이 뛰어야 할 이유가 없기 때문이다.
김상민 객담

☞ 마음은 비울수록 좋고, 술잔은 채울수록 좋다. 김상민 객담

☞ 내가 나를 버리면 하느님도 나를 도와 줄 수 없다. 김상민 객담

☞ 엽기적인 살인마들의 인권을 논하는 휴 머니스트들에게 우선 경의를 표한다. 다 만, 자신의 가족들이 직접 참변을 당했 는데도 그들의 인권 운운하고 나설 수 있는지 묻고 싶을 뿐이다. 김상민 객담

☞ 잎보다 꽃이 먼저 피는 진달래도 있고, 꽃과 잎이 동시에 피는 철쭉도 있으며, 개화와 함께 열매도 맺는 연꽃이 있고, 늘 푸른 잎에 늦겨울부터 꽃을 피우는 동백나무 등 개화 방법도 제각각이듯이, 인간의 지능도 이와 같다. 김상민 객담

☞ 부정축재란 남의 주춧돌 위에 세워 놓은 사상누각이다. 길상민 객담

☞ 꽃은 시들기에 더욱 아름답고, 사랑은 이별이 있기에 더욱 달콤하다.
길상민 객담

☞ '인생은 60부터'라는 허울 좋은 말은, 황혼녘 인생들의 메아리 없는 넋두리다.
길상민 객담

☞ 사제(司祭)들에게 고해성사를 하기 전에, 먼저 당사자에게 용서를 구하라.
길상민 객담

☞ 목마른 애주가는 주효(酒肴)를 가리지 않고, 배고픈 나그네는 찬밥 더운밥을 가리지 않는다. 길상민 객담

☞ 세월아, 게 섰거라. 백발아, 썩 물렀거라. 김상민 객담

☞ 언제나 자신의 이름에 부끄러움이 없기를. 김상민 객담

☞ 외롭다고 생각지 마라. 늘 함께해 주는 그대의 그림자도 있잖은가? 김상민 객담

☞ 누군가의 칭찬에 '과찬'이시라며 겸손해하는 건, 그 칭찬을 재확인해 보기 위한 의도적인 겸양지심에 불과하다.
김상민 객담

☞ 천하일색 양귀비래도 바가지 긁는 소리는 듣기 싫고, 칠대 독자 종손이래도 이 가는 소리는 듣기 싫은 법이다.
김상민 객담

☞ 세월이 지나고 나면 오늘 하루가 얼마나 소중한 날이었던가를 알게 된다. **길상민 객담**

☞ 폭풍우가 휘몰아치는 망망대해를 노 저어 보지 않고선, 땅을 밟고 산다는 것만으로도 얼마나 큰 축복인가를 모르고 살게 된다. **길상민 객담**

☞ 거리의 천사들은 애타게 봄을 기다린다. 꽃 피고 새 우는 낭만적인 봄을 기대해서가 아니라, 뼛속을 파고드는 추위에서 벗어나기 위해서다. **길상민 객담**

☞ 똑같은 내용의 말인데도 소크라테스나 괴테가 하는 말은 명언이 되고 어록이 되지만, 내가 하는 말은 메아리 없는 허튼소리가 되어 사라져버린다. **길상민 객담**

☞ 자신만의 잣대로 남의 인생을 논하지 마라. 김상민 객담

☞ 자동차 뒷바퀴는 절대로 앞바퀴의 궤적(軌跡)을 벗어날 수 없다. 김상민 객담

☞ 돛 달아 놓고 바람 불기만을 기다리지 말고, 먼저 노 저을 생각부터 하라.
김상민 객담

☞ 달군 쇠도 식기 전에 메로 쳐야 연장이 되듯이, 못된 버릇 역시 굳기 전에 다스려야 옳은 인간이 될 수 있다. 김상민 객담

☞ 말〔馬〕은 걷는 것보다 뛰는 걸 좋아하고, 소는 뛰는 것보다 걷는 걸 좋아하는 건 각기 다른 천성을 타고났기 때문이다. 김상민 객담

☞ 말이 없으면 탈도 없다. (無言無頃)

길상민 객담

☞ 요절하는 거북도 있고, 장수하는 하루살
이도 있다. **길상민 객담**

☞ 재물에 구애받지 않으려면, 우선 가난을
즐길 줄 알아야 한다. **길상민 객담**

☞ 송도삼절 황진이도 호리지 못한 사내(화
담 서경덕)가 있고, 남원 사또 변학도도
꺾지 못한 여인(열녀 춘향)이 있다.

길상민 객담

☞ 만약 조물주가 인체에 계량기를 부착했
더라면, 틀림없이 신체 일부의 무단 사
용 행위로 인한 이혼율을 획기적으로 줄
일 수 있었을 텐데. **길상민 객담**

☞ 누군가를 미워한다는 것은 그나마 사랑이 남아 있다는 증거다. 김상민 객담

☞ "안경이 어디 갔지?"가 아니라 "안경을 어데다 뒀지?"라고 해야 한다.
김상민 객담

☞ 남의 실수를 용서하지 않는 사람은, 자신의 실수도 용서받을 자격이 없다.
김상민 객담

☞ 거들떠보지도 않는 책장 속의 책은, 열리지 않는 금고 속의 화수분과 다를 바 없다. 김상민 객담

☞ 바른 세상을 거꾸로 보는 것도 문제지만, 거꾸로 된 세상을 바로 보는 것 또한 문제다. 김상민 객담

☞ 오빠를 진짜 믿을 수 있게 해 주는 남자
는, 여자들의 심리를 모르는 바보다.
김상민 객담

☞ 자신이 '비굴한 겁쟁이'라는 사실을 솔
직히 고백할 수 있는 사람은 절대로 비
굴한 겁쟁이가 아니다. **김상민 객담**

☞ 남자들의 성적 욕망은 여자를 정복함으
로써 채우게 되고, 여자들의 성적 욕망
은 남자에게 정복당함으로써 해소하게
된다. **김상민 객담**

☞ 아무리 훌륭한 논문이나 문학 작품들도
표절 아닌 것이 없다. 왜냐하면, 결국은
국어사전에 있는 낱말들을 적재적소에
짜 맞추기 하는 퍼즐 게임에 불과하기
때문이다. **김상민 객담**

☞ 육신이 늙어 가면 마음은 쭈그러들고 청
  승은 늘어가기 마련이다. 김상민 객담

☞ 좋은 친구를 얻는 가장 확실한 방법은,
  내가 먼저 좋은 친구가 되어 주는 것이
  다. 김상민 객담

☞ 남의 결점을 자신의 장점으로 승화시킬
  수 있는 사람이라면 가히 군자라 일컬을
  만하다. 김상민 객담

☞ 남자들의 기억력은 빛바랜 흑백 사진과
  같고, 여자들의 기억력은 사채업자들의
  비밀장부와 같다. 김상민 객담

☞ 일단 자위행위를 하고 나서 맞선을 보게
  되면, 훨씬 더 냉철한 판단력으로 신붓
  감을 관찰할 수 있게 된다. 김상민 객담

☞ 사랑하라. 열심히 사랑하라. 그리고 더욱 열심히 사랑하라. **김상민 객담**

☞ 불량식품을 근절시키려면, 해당 식품을 제조업자가 직접 먹어치우도록 하면 된다. **김상민 객담**

☞ 다들 혼인 서약서대로만 실천하고 산다면, 가정법률재판소의 업무가 훨씬 줄어들 텐데. **김상민 객담**

☞ 양반·상놈 논하지 마라. 단군 할아버지 족보로 따지자면 일가친척 아닌 사람이 어디 있겠는가? **김상민 객담**

☞ 세상 모든 사람들의 비난은 참고 견딜 수 있어도, 믿었던 사람의 부화뇌동은 차마 견디기 어렵다. **김상민 객담**

☞ 거짓말도 자주 하다 보면 참과 거짓의
변별력을 잃게 된다. 김상민 객담

☞ 절대로 용서해선 안 될 사람을 용서한다
는 건 또 다른 죄악의 씨앗이 된다.
김상민 객담

☞ 우정이 변하여 애정이 되기도 하나, 애
정이 변하여 우정으로 환원되는 예는 없
다. 김상민 객담

☞ 어차피 이 세상에 진정한 평화란 없다.
삶 자체가 바로 전쟁의 연속이기 때문이
다. 김상민 객담

☞ 돌아서면 잊어버린다는 건망증 환자들
은, 전혀 걱정할 것 없다. 왜냐하면 돌아
서지만 않으면 되니까. 김상민 객담

☞ 최첨단 하이테크 제품에도 불량품이 나오듯이, 초정밀기계(?)라 할 수 있는 인체 역시 마찬가지다. 김상민 객담

☞ '남양여음(男陽女陰)'이 음양오행 사상의 기본인데, 음양 합작품인 중성인들은 신의 은총인가? 아니면 신의 저주인가? 김상민 객담

☞ "악처를 만나면 철학자가 된다."고 한 소크라테스의 말이 허언(虛言)이 아니라면, 난 벌써 유능한 철학자가 되어 있어야 하는데. 김상민 객담

☞ 철따라 제비 가면 기러기 오고, 뻐꾸기 오면 청둥오리 떠나듯이, 오는 게 있으면 가는 게 있고, 가는 게 있으면 오는 게 있는 것이 세상 이치다. 김상민 객담

☞ 내 집 앞 텃밭 한 뙈기가 사촌 형 문전옥
답 서 마지기보다 낫다. 김상민 객담

☞ 뜻밖의 행운도 반드시 연유가 있고, 졸
지의 불운도 필연적인 원인이 있다.
김상민 객담

☞ "용서하는 것이 가장 훌륭한 복수"라지
만, 진정한 용서는 아예 망각해 버리는
것이다. 김상민 객담

☞ 허수아비 목에 걸린 깡통 소리는 요란할
수록 좋고, 마누라 바가지 긁는 소리는
조용할수록 좋다. 김상민 객담

☞ 하고 싶어도 할 수 없는 괴로움도 크지
만, 하기 싫은 걸 억지로 해야 하는 고통
은 그에 비할 바가 아니다. 김상민 객담

☞ 모든 창작은 모방에서부터 시작된다.
　　김상민 객담

☞ 양의 탈을 쓴 성직자보다 차라리 순진한
　사탄이 낫다. **김상민 객담**

☞ 객지 벗과 술친구들은 많다 해도 지기
　우(知己之友)는 드물다. **김상민 객담**

☞ 크리스천 : 낮은 곳으로 임하소서
　수재민들 : 저 높은 곳을 향하여
　　김상민 객담

☞ 홍수환이 파나마의 복싱 영웅(11전 11
　KO승) 카라스키야에게, 네 번밖에 넘어
　지지 않았는데도 다섯 번이나 일어섰다
　는 것이, 사자성어 '사전오기(四顚五起)'
　의 불가사의다. **김상민 객담**

☞ 의지가 약한 사람일수록 신에 더 가까이 접근한다. 김상민 객담

☞ 오늘의 선행(善行)을 내일도 계속할 수 있게 해 달라고 기도하라. 김상민 객담

☞ 인연 없이 태어난 생명이 없듯이, 까닭 없이 솟아난 잡초도 없다. 김상민 객담

☞ 꿈이 없는 사람은 하찮은 역경에도 주저 앉고 말지만, 목표가 뚜렷한 사람은 어떤 고난도 헤쳐 나갈 강인한 정신력을 지니고 산다. 김상민 객담

☞ 예수께서 이 세상의 모든 죄를 짊어지고 십자가에 못 박히신 지가 이천 년이 지났는데도, 빠트린 죄가 많아서인지 범죄는 날로 늘어만 가고 있다. 김상민 객담

☞ 책은 지성인들의 액세서리가 아닌 필수품이 되어야 한다. 김상민 객담

☞ 초음속으로 창공을 누비는 제트기도 결국은 뭍에서 날개를 접어야 한다. 김상민 객담

☞ 인생은 짧다. 그러나 서로 사랑하며 웃을 수 있는 시간은 충분하다. 김상민 객담

☞ 어떤 삶은 죽음보다 더 욕될 수도 있고, 어떤 죽음은 사는 것보다 더 명예로울 수도 있다. 김상민 객담

☞ 나는 "심심하다"고 푸념하는 사람들을 도저히 이해하지 못한다. 인생백년이, 하고 싶은 일을 다 하기에도 턱 없이 모자란 세월인 것을. 김상민 객담

☞ 유머 감각이 없는 사람은 영혼이 없는 사이보그와 같다. 김상민 객담

☞ 좋은 책을 가까이하는 것은 늘 훌륭한 스승을 모시고 있는 것과 같다. 김상민 객담

☞ 여행이란, 미지의 세계에 대한 호기심을 충족시켜주는 과정의 연속이다. 김상민 객담

☞ 만약 지구상에 문자가 없었더라면, 원시 시대에서 현대사회로의 발전은 불가능 했으리라. 김상민 객담

☞ 삼천리금수강산을 두루 섭렵한다 해도, 돌아갈 곳 없는 여행은 유람(游藍)이 아 닌 유랑(流浪)이 될 뿐이다. 김상민 객담

☞ 책장에 꽂힌 책들만 봐도 주인의 지적 수준을 짐작할 수 있다. 길상민 객담

☞ '바둑을 신선놀음'이라고들 하지만, 내리 세 번을 지고도 웃는 신선은 없다. 길상민 객담

☞ 비록 장식용 책들일지라도 아예 없는 것보다는 낫다. 언젠가 생각이 날 때면 한 번쯤은 들춰 볼 테니까. 길상민 객담

☞ 가랑이 찢어질 뱁새는 없다. 왜냐하면, 날짐승 뱁새가 굳이 다리로 황새를 쫓아야 할 이유가 없기 때문이다. 길상민 객담

☞ 자기 자신을 이기는 남자가 가장 강한 남자라고들 하나, 진짜 강한 남자는 자기 마누라를 이기는 남자다. 길상민 객담

☞ 질 줄 모르는 자는 이길 줄도 모른다.
　　김상민 객담

☞ '이겼다'는 말을 뒤집어 보면, 결국 남을
　짓밟았다는 얘기가 된다. **김상민 객담**

☞ 잘생기고 못생기고는 단지 이목구비 조
　화(調和)의 차이일 뿐이다. **김상민 객담**

☞ "용서할 수는 있어도 잊을 수는 없다."
　라고 하는 미사여구는, "결코 용서할 수
　없다."는 말을 에둘러서 표현한 귀치레
　(Euphemism)일 뿐이다. **김상민 객담**

☞ '혼인 서약서'란, 한평생 서로를 위하여
　헌신적으로 봉사하겠다는 '전속 계약서'
　임이 분명하나, 아무런 법적 구속력 없
　는 공수표에 불과할 뿐이다. **김상민 객담**

☞ 남을 용서는 하되, 남에게 용서받는 사람이 되지 않도록 노력하라. **김상민 객담**

☞ 무심코 내뱉은 농담 한마디가, 뜻밖의 화근이 될 수도 있음을 명심하라.
김상민 객담

☞ 교회나 성당 건물 옥상에 피뢰침을 세워 놓은 이유를 난 아직 이해하지 못한다.
김상민 객담

☞ 누구에겐가 과분한 은혜를 입게 되면, 자신의 인생을 저당 잡힌 셈이 되고 만다. **김상민 객담**

☞ 여자들은 진실보다 자신의 예감이나 육감을 더 맹신(盲信)함으로써, 남자들의 숨통을 조이려 든다. **김상민 객담**

☞ 때로는 입바른 소리가 고자질이나 거짓
말보다 더 악랄할 경우도 있다.
김상민 객담

☞ 훌륭한 웅변이란, 할 말은 다 하되 필요
없는 말은 한 마디도 하지 않는 것이다.
김상민 객담

☞ 자신의 과오에 엄격한 사람은 남의 결점
에 관대하지만, 자신의 과오에 관대한
사람은 남의 결점을 용서할 줄 모른다.
김상민 객담

☞ 누구나 한 권씩의 소설책을 가슴속에 지
니고 산다. 왜냐하면, 제각기 겪어온 만
단설화를 글로 쓰면, 족히 베스트셀러가
되고도 남음이 있을 것으로 믿고들 있기
때문이다. **김상민 객담**

☞ 가장 어리석은 결혼은, 결혼을 위한 결혼을 하는 것이다. 길상민 객담

☞ 장미꽃, 백합화가 제아무리 곱다 해도 시들면 잡초만도 못한 것을. 길상민 객담

☞ 내게 친구가 없다는 것은, 내가 누구에게도 친구가 되지 못했다는 반증이 된다. 길상민 객담

☞ 조조는 웃음 때문에 망한다기도 했지만, 웃음은 밑천 들지 않는 만병통치약임엔 틀림없다. 길상민 객담

☞ 모든 경기에는 승패가 있기 마련이다. 그러나 승자에게는 축복과 찬사를 보내면서도, 패자가 겪는 좌절감이나 비애는 아무도 헤아려 주지 않는다. 길상민 객담

☞ 책을 가까이해 보라. 절대로 후회하지 않으리라. 길상민 객담

☞ 경마장이나 카지노 단골손님 치고 빈털터리 안 되는 놈 없다. 길상민 객담

☞ 가난이 부끄러울 것도 없지만, 그렇다고 해서 자랑스러울 것도 없다. 길상민 객담

☞ 상냥한 미소는 여성의 얼굴을 가장 돋보이게 하는 최고급 화장술이다.
길상민 객담

☞ 보지도 않고 듣지도 않으면 욕심이 없어지고, 욕심이 없어지면 심신이 청정무구해진다. 그러나 보고 들으면서도 평정심을 잃지 않는다면, 가히 군자라 할 수 있지 않겠는가? 길상민 객담

☞ 지옥은 만원사례. 천국은 개점휴업,

길상민 객담

☞ 같은 유니폼을 입게 되면 원수도 친구가
된다. **길상민 객담**

☞ 시대적인 변천에 따라 양서(良書)가 악
서(惡書)로 구축되기도 하고, 악서가 양
서로 추앙받기도 한다. **길상민 객담**

☞ 마소를 다룰 땐 뒷발과 뿔을 조심하면
되지만, 여자를 다루는 데에는 훨씬 더
복잡한 대처요령이 필요하다. **길상민 객담**

☞ 여자들은 흔히 자기를 사랑해 주는 남자
보다 자신이 좋아하는 남자와 결혼하면
서도 대부분이 곧 후회하게 된다.

길상민 객담

☞ 참회하라, 기도하라, 그리고 실천하라.
김상민 객담

☞ 지극한 사랑이 지극한 증오를 낳기도 한
다. **김상민 객담**

☞ 암세포는 사람 목숨과 함께 운명을 같이
하는 일종의 자폭 테러단이다.
김상민 객담

☞ 고통스러웠던 지난날보다 화려했던 지
난날을 회상하는 허탈감이 더 처절하다.
김상민 객담

☞ 아무리 세상이 불공평하다 해도 세월만
은 공평무사(公平無私)하다. 왜냐하면,
흥부의 하루도 24시간이요 놀부의 하루
도 24시간이기 때문이다. **김상민 객담**

☞ 차·포 떼고 두는 장기도 이기는 수가 있다. 김상민 객담

☞ 사람도 좋은 책을 만나야 하듯이, 책 또한 좋은 주인을 만나야 한다. 김상민 객담

☞ 곱게 치장하는 것도 다른 사람들의 눈을 즐겁게 해 주기 위한 일종의 봉사활동이다. 김상민 객담

☞ 착한 여자도 좋고 예쁜 여자도 좋지만, 착하고 예쁜 여자면 더욱 금상첨화가 아니겠는가? 김상민 객담

☞ 고소득 투자 유혹에 사기당한 자들을 동정할 필요 없다. 불로소득 한탕을 노리는 건 누군가에게 바가지 씌우는 사기행각과 다를 바 없기 때문이다. 김상민 객담

☞ 일단 오른 물가는 좀체 떨어질 줄을 모르지만, 한 번 추락한 이미지는 좀처럼 올라갈 줄을 모른다. 길상민 객담

☞ 느림보곰이나 카멜레온이 갈까 말까 망설이긴 해도 각자도생이라, 답답한 건 사람이지 그들이 아니다. 길상민 객담

☞ 나침반이 험한 파도를 헤치는 뱃사나이들의 길잡이가 되듯이, 양서(良書)는 고달픈 인생길의 훌륭한 지침서가 된다.
길상민 객담

☞ 천하 명의(名醫) 화타의 의서(醫書)도 무식한 마누라의 불쏘시개가 되고 말았듯이, 아무리 귀중한 책도 주인을 잘못 만나면 쓸모없는 휴지 조각이 되고 만다.
길상민 객담

☞ 이루어질 수 없는 사랑보다 더 애절하고
절실한 사랑은 없다. 김상민 객담

☞ 남에게 불신당하는 사람보다, 자기 자신
을 믿지 못하는 사람이 더욱 불행하다.
김상민 객담

☞ 여성들의 아름다운 자태와 고운 말씨는,
성난 야생마도 잠재울 수 있는 마력을
지니고 있다. 김상민 객담

☞ 같은 땅에서 자라면서도 약초는 약성(藥
性)을 품고 자라지만, 독초는 독성(毒性)
을 품고 자란다. 김상민 객담

☞ 졸리는 자에겐 자는 것보다 더 절실한
것이 없고, 배고픈 자에겐 먹는 것보다
더 절실한 것도 없다. 김상민 객담

☞ 천하를 호령하는 영웅호걸도 사랑하는 여인 앞에선 바보가 된다. 김상민 객담

☞ 벼락은 누구에게 떨어져도 "왜 하필 내게?"라는 불평을 듣게 된다. 김상민 객담

☞ 벙어리가 말이 없다고 해서 속마저 없으며, 장님이 앞을 못 본다고 해서 눈치마저 없으랴. 김상민 객담

☞ 위정자들이 대관령 갈비 먹고 게트림할 때, 가난한 백성들은 쇠고기 라면으로 허기를 때운다. 김상민 객담

☞ 철학이란 결국 인생을 옳게 사는 법을 참구(參究)하는 학문이다. 나 역시 올곧게 살려고 노력하는 사람이다. 고로 나도 철학자임에 틀림없다. 김상민 객담

☞ 두려운 현실보다 두렵다는 생각 자체가 더 큰 두려움을 몰고 온다. 김상민 객담

☞ 청춘, 이팔청춘, 피끓는 이팔청춘! 이 얼마나 가슴 벅찬 축복인가? 김상민 객담

☞ 아무도 하늘의 별을 딸 수는 없다. 그러면서도 우리는 그 별을 따려는 꿈을 먹고 사는 고등동물들이다. 김상민 객담

☞ 가려운 곳을 긁어 주는 것은 무척 고마운 일이지만, 가렵기도 전에 손을 내미는 것은 무척 성가신 일이다. 김상민 객담

☞ 천상천하 유아독존의 석가세존이나, 전지전능하신 예수 그리스도께서도, 밥 먹고 잠자고 두 다리로 걸어 다닌 인간들이었음엔 틀림없다. 김상민 객담

☞ 실패를 두려워할 것이 아니라, 포기하려
는 나약한 정신력을 두려워하라.

김상민 객담

☞ 사는 것이 죽는 것만 못한 것인가? 아니
면 죽는 것이 사는 것만 못한 것인가?

김상민 객담

☞ 정년퇴직하면 백수가 된다고 낙담할 것
이 아니라, 자신이 하고 싶었던 일을 할
수 있는 프리랜서가 된다고 생각하라.

김상민 객담

☞ 질문에 대한 침묵은 일종의 긍정적인 의
사표시가 되기도 하고, 아예 무시하는
제스처도 되는가 하면, 무언의 반항이
되기도 하는 아주 고차원적인 보디랭귀
지라 할 수 있다. **김상민 객담**

☞ 대부분의 지혜는 지난날의 실수에서 얻어진 것들이다. 김상민 객담

☞ 기억력 못지않게 망각 또한 중요한 정신 세계의 일환이다. 김상민 객담

☞ 민주주의의 가장 큰 장점은, 누구나 반대할 수 있는 권리가 있다는 점이다.
김상민 객담

☞ 충고란, 화자(話者)는 충언(忠言)이라고 생각하지만, 청자(聽者)는 잔소리라고 생각하는 것. 김상민 객담

☞ 실업가(實業家) 주위에는 실업가 친구들이 모이고, 실업자(失業者) 주위에는 실업자 친구들이 모여드니 '유유상종(類類相從)'이 될 수밖에 없다. 김상민 객담

☞ 굶어보지 않고선 배고픔의 설움을 모르고, 속박을 당해보지 않고선 자유의 소중함을 모른다. 김상민 객담

☞ 여야 국회의원이나 여타 고위 공직자 치고 애국자 아닌 사람 없다. 다만, 타칭 아닌 자칭이라는 데에 문제가 있긴 하지만. 김상민 객담

☞ 주는 사람은 너무 두둑하다고 생각하지만, 받는 사람들은 너무 빈약하다고 생각하는 것이, 바로 '월급봉투'라는 땀 주머니다. 김상민 객담

☞ 대부분의 관광 목적은, 그곳의 역사적인 가치관이나 자연 경관에 있는 것이 아니라, 현장을 배경으로 한 과시용 증명사진 촬영에 있다. 김상민 객담

☞ 돈지갑의 무게와 어깨의 중량감은 반비
례한다. 길상민 객담

☞ 사람의 손발(手足)은 주인 두뇌의 지능
지수에 따라 노동력의 난이도가 좌우된
다. 길상민 객담

☞ 우리 젊은이들이 스마트폰 게임에 몰두
하는 정도로 독서에 열을 올린다면, 대
한민국 국격이 훨씬 더 업그레이드될 텐
데. 길상민 객담

☞ 아이가 세상에 태어날 땐 온갖 번뇌를
안고 삶의 전쟁터에 나서는 것이므로,
축하가 아닌 위로와 격려를 해 줘야 하
고, 생을 마감할 땐 모든 짐을 벗어던지
고 피안의 세계로 떠나는 길이므로, 애
도가 아닌 축하를 해야 한다. 길상민 객담

☞ 수줍음을 잃은 여자는 향기 없는 꽃과
   같다. 김상민 객담

☞ 세계 최고봉 에베레스트 산은 오르막길
   의 종점이자 내리막길의 시발점이기도
   하다. 김상민 객담

☞ 바른말쟁이가 "나는 거짓말쟁이다"라고
   말하면 거짓말이 되지만, 거짓말쟁이가
   "나는 거짓말쟁이다"라고 하면 참말이
   되므로 거짓말쟁이가 아니다. 김상민 객담

☞ 착하게 살면 복을 받고 악하게 살면 벌
   을 받는다는 것이 아니라, "예수를 믿으
   면 천당을 가지만, 안 믿으면 지옥으로
   떨어지고 지구가 멸망한다."는 몹쓸 악
   담을, 정녕 성자(聖者) 예수께서 한 예언
   이었을까? 김상민 객담

☞ 혹사당한 육신이 말없이 신호를 보낼 때 뇌에서 얼른 알아채야 한다. **길상민 객담**

☞ 동·서독은 베를린 장벽이 무너져 하나가 되었지만, 일심동체인 부부 사랑이 깨지고 나면 둘이 되어 남남으로 돌아서게 된다. **길상민 객담**

☞ 반대를 위한 반대를 일삼는 반대론자들은, 아무런 문제가 없는 것을 문제 삼는 그 저의를 문제 삼지 않을 수 없게 된다. **길상민 객담**

☞ '삼국지'나 '손자병법' 등처럼 꼭 읽어 둬야 할 필독서가 있는가 하면, 사서오경처럼 두고두고 읽으면서 인생의 지침서로 삼아야 할 고전들도 있다. **길상민 객담**

☞ 경양지덕 겸손도 지나치면 자만이 된다.
김상민 객담

☞ 다 같은 전쟁놀이에도 대장 할 놈 따로
있고, 졸병 할 놈 따로 있다. **김상민 객담**

☞ 나는 알렉산더대왕보다 강하다. 왜냐하
면, 그는 하찮은 모기에 물려 죽었지만,
나는 벌한테 쏘이고도 살아 있기 때문이
다. **김상민 객담**

☞ 영국의 수필가 찰스 램은 "술이여, 담배
여! 너를 위해서라면, 죽는 것을 빼 놓
고는 뭣이든 하겠노라."며 거들먹거렸
지만, 일본의 애주가들은 "술 한 방울은
피 한 방울(酒一滴は血の一滴)"이라고
술을 예찬하며, 오토코(사내)들의 호기
를 과시하기도 한다. **김상민 객담**

☞ 단풍은 가을에 피는 꽃이다. 김상민 객담

☞ 어제의 시점에서 보면 오늘이 곧 '내일' 이요, 내일의 시점에서 보면 오늘이 곧 '어제'다. 김상민 객담

☞ '무당'의 '무(巫)' 자는, 첫 획(一) 하늘 (하느님)과 끝 획(ㅡ) 땅의 중간에 있는 인간들(양쪽의 두 '人')을 중앙 획(|)으 로 연결시켜 주는 중개인이란 뜻임을 알 수 있다. 김상민 객담

☞ 상습 절도범들이 손을 떼지 못하는 이유 는 항상 '마지막 한탕' 때문이며, 금연이 나 금주 결심이 작심삼일이 되는 이유 역시 '마지막 한 대', '마지막 한 잔'의 유혹을 떨쳐버리지 못하기 때문이다. 김상민 객담

☞ 모르고 저지른 죄라고 해서 용서받을 수 있다고 생각지 마라. 김상민 객담

☞ 인생에 가장 필요한 것이 무엇인가를 알려거든, 북한의 정치범 수용소로 가 보라. 김상민 객담

☞ 이브의 늑골을 훔쳐 아담을 빚은 하느님은 인류 최초의 절도범이요, 목자(牧者)인 동생 아벨을 돌로 쳐 죽인 형 카인은 인류 최초의 살인자다. 김상민 객담

☞ 유럽인들이 혼자 있을 땐 독서를 하지만 한국인들은 낮잠을 자고, 둘이 만나면 그들은 대화를 하지만 우리는 남의 험담을 하며, 셋이 모이면 그들은 노래를 하지만 우리는 고스톱을 친다는 꽤나 자랑스러운 민족이다. 김상민 객담

☞ 여자들이 남자보다 억센 이유는, 아담은 흙으로 빚었지만, 이브는 갈비뼈로 빚었기 때문이다. **김상민 객담**

☞ 잘생긴 아내는 대내외적인 전시용으로는 쓸 만하지만, 실무용으로는 별로 권장할 만한 품목이 못 된다. **김상민 객담**

☞ 이슬람교의 종조(宗祖) 마호메트는 50세 때 아홉 살의 소녀 아이샤를 열한 번째 첩실로 들어앉혔다는데, 당시엔 '미성년 간음죄'가 없었기 때문일까? **김상민 객담**

☞ '독불장군'에 '일장공성만골고(一將功成萬骨枯)'라고 했듯이, 한 사람의 스타가 탄생하려면 숱한 조연과 엑스트라들의 헌신적인 협연이 뒷받침되어야 한다.

김상민 객담

☞ 전설은 달이 만들고 신화는 해가 만든
다지만, 밤하늘에 반짝이는 수많은 별들
은, 어린이들이 해맑은 꿈을 펼칠 수 있
는 동화 속의 궁전이 된다. 김상민 객담

☞ 모든 신생아의 고고성(呱呱聲)은 국적이
나 인종에 차별 없이 만국 공통으로 '높
은 A음'이라 하니, 역시 하늘 아래 인간
은 평등하다는 신의 계시가 아닐까?
김상민 객담

☞ 평범한 첼리스트였던 토스카니니는, 지
독한 근시안이라 늘 악보를 암기해 뒀던
덕분에, 갑자기 입원하게 된 지휘자 대
신 지휘봉을 잡게 된 후로 일약 세계적
인 컨덕터로 발돋움하게 되었으니, 신체
적인 결함이 되레 전화위복이 된 셈이라
할 수 있다. 김상민 객담

☞ 꽃은 향기가 있기에 아름답고, 청춘은 꿈이 있기에 찬란하다. 길상민 객담

☞ 말하는 법은 누구나 가르쳐 주면서도, 입 다무는 법은 아무도 가르쳐 주지 않는다. 길상민 객담

☞ 주는 선물도 거절하면 반품이 되듯이, 악담 역시 상대방이 받아들이지 않으면 부메랑처럼 되돌아가므로, 당연히 발설자 자신의 악담이 되고 만다. 길상민 객담

☞ 나는 소변을 볼 때마다 남자로 태어난 자부심과 긍지를 갖게 된다. 왜냐하면, 여자들은 무조건 '앉아 쏴'만 가능하지만, 남자들은 '앉아 쏴'는 물론, '서서 쏴'로 간단하게 처리해 버릴 수 있기 때문이다. 길상민 객담

☞ 연꽃은 진흙탕 속에서 꽃을 피우면서도 절대로 자신의 청순미를 잃지 않는다.

길상민 객담

☞ 대도 조세형은 '대도무문(大道無門)'을 '대도무문(大盜無門)'으로 착각하고 있는 게 아니었을까? 길상민 객담

☞ 치통 앓는 리자 부인의 미소로 알려진 세계적인 명화 '모나리자'도, 실은 남편 지오콘다가 그림이 마음에 들지 않는다 하여 수령을 거부했던 것. 길상민 객담

☞ 자식들에게 버림받고 비참하게 살아가는 노부부들도 있지만, 스스로 부양받기를 거부하고 부부끼리만 독립생활하는 '통크족(Two Only No Kids)'들도 있다.

길상민 객담

☞ 세월에 지워지지 않는 상처 없고, 죽음에 소멸되지 않는 고통 없다. 김상민 객담

☞ 남의 결점만을 찾는 사람은, 자신의 결점을 돌이켜 볼 겨를이 없다. 김상민 객담

☞ 개 주인은 비록 셋집에 살지라도, 견공들은 하나같이 단독 주택들을 지니고 개 팔자로 살아간다. 김상민 객담

☞ 나는 물질적인 풍요에 정신적인 빈곤보다, 물질적인 빈곤을 감내할지라도 정신적인 풍요를 택하고 싶다. 김상민 객담

☞ 다 같은 물인데도 꿀을 넣느냐 주정(酒精)을 넣느냐 아니면 독약을 넣느냐에 따라, 꿀물도 되고 술도 되며 사약이 되기도 한다. 김상민 객담

☞ 이 세상의 어떤 손실보다 자아(自我)를 잃는 것보다 더 큰 손실은 없다.
김상민 객담

☞ 아직 한 번도 지옥에서 탈출해 나왔다는 귀신이 없는 걸 보면, 거기서도 그런 대로 살만하기 때문이 아닐까? **김상민 객담**

☞ 활을 쏠 때뿐만 아니라 사물을 제대로 관찰하는 데에도 애꾸가 제격이다. 왜냐 하면 모든 걸 '일목요연(一目瞭然)'하게 관찰할 수 있기 때문이다. **김상민 객담**

☞ 영어의 'Exit'과 'Entrance', 일어의 '데 구치(出口)'와 '이리구치(入口)' 등처럼 '출구'와 '입구'의 각 기능이 따로 구분 되어 있지만, 한글로는 '나들문' 하나로 간단히 해결할 수 있다. **김상민 객담**

☞ 실패를 하는 이유는 의지가 약하거나 능력이 부족하기 때문이다. 길상민 객담

☞ 가진 것 없어 고생하는 가난한 사람들도 가엾지만, 거지처럼 사는 부자들도 불쌍하긴 마찬가지다. 길상민 객담

☞ 거지들은 남의 도움 없이 살아 갈 수 없는 사람들이다. 사회적인 동물인 인간들도 마찬가지다. 따라서 누구나 다 거지 아닌 사람이 없다. 길상민 객담

☞ 정도전을 비롯한 조선조의 유림들은 기를 쓰고 숭유억불정책에 집착했으나, 중국 항산 '현공사'의 법당에는 불교의 석가모니, 유교의 공자, 도교의 노자를 오순도순 함께 모시고 있어, 중국인들의 대륙성 기질을 엿볼 수 있다. 길상민 객담

☞ 족상보다 수상, 수상보다 관상, 관상보다 심상이라지만, 그보다 더 중요한 건 '기상'이 아닐까? 길상민 객담

☞ 처음 포옹했을 때의 황홀한 감정을 영원히 간직할 수만 있다면, 절대로 이별가를 부르는 연인들은 없을 텐데. 길상민 객담

☞ 전우애로 사는 대부분의 부부들은, 네가 나를 만난 건 행운이지만, 내가 너를 만난 건 악운이라고 생각하는 편견 때문이다. 길상민 객담

☞ 모든 경기에서 일등도 중요하지만, 꼴찌의 존재가치도 충분히 인정되어야 한다. 너나없이 일등만 하게 되면 꼴찌는 누가 하겠는가? 길상민 객담

☞ 백 년 인생 사는 길에 몸과 마음 지쳤으니 세월아, 가는 길 멈추고 쉬엄쉬엄 쉬어간들 어떠리. 김상민 객담

☞ 작심삼일이라도 좋다. 우선 금연·금주 선언부터 해 놓고, 사흘이 될 때마다 계속 작심해 나가면 반드시 성공할 수 있다. 김상민 객담

☞ 현명한 사람들은 자신보다 우월한 사람들을 만나면 배워야 할 점을 찾고, 어리석은 사람들을 만나면 본받지 말아야 할 점을 배운다. 김상민 객담

☞ 만물의 영장이라는 인간들은 조화(造花)를 생화로 오인하기도 하지만, 하찮은 미물인 벌·나비들은 절대로 그런 실수를 하는 예가 없다. 김상민 객담

☞ 음악은 영혼의 절규다. 김상민 객담

☞ 우리는 너나없이 가장 소중한 것을 가장 하찮게 생각하는 못된 습성들이 있다, 우선 한시도 없어선 안 될 물이나 공기만 해도 그렇잖은가? 김상민 객담

☞ 세상에 사랑처럼 고귀한 것이 없고, 미움처럼 사악한 것이 없는데도, 흔히들 사랑보다 미움으로 괴로워들 하고 있으니 답답한 노릇이 아닌가? 김상민 객담

☞ 알피니스트들은 막무가내 높게만 올라가려고 기를 쓰고, 심해(深海) 다이버들은 한사코 깊게만 내려가려고 용을 쓰지만, 결국은 올라갔던 자도 내려와야 하고, 내려갔던 자도 올라와야 한다는 사실이다. 김상민 객담

☞ 물도 돈이라고 생각하면 물을 물 쓰듯 쓸 수 없게 되리라. 길상민 객담

☞ 간혹 불의가 승리할 수도 있으나, 결코 정의를 심복(心腹)시킬 순 없다. 길상민 객담

☞ 너나없이 이 도령이나 춘향이 역만 하겠다면, 방자나 향단이 역은 누가 하겠는가? 길상민 객담

☞ 질문에 대답이 없다는 것은, 우선 완전히 거부할 뜻은 아닌 것으로 간주해도 좋다. 길상민 객담

☞ 백마를 타고 보면 노새가 하찮게 보이고, 긴 담뱃대〔長竹〕를 물고 보면 곰방대〔短竹〕가 하찮게 보인다. 길상민 객담

☞ 때론 바른말이 독약이 될 수도 있고, 거짓말이 보약이 될 수도 있다. 김상민 객담

☞ "자식이 아비보다 낫다."고 하면 아비는 흐뭇해하지만, "동생이 형보다 낫다."고 하면 기분 좋아할 형은 아무도 없다.
김상민 객담

☞ 여름 한철 나무그늘 속에서 태평세월을 구가하는 매미는, 한겨울 서릿발 속에서 삭풍을 견뎌내는 겨울국화의 오상고절(傲霜孤節)을 알지 못한다. 김상민 객담

☞ 볼펜을 몽블랑 만년필로 바꾼다고 해서 명필이 되는 것도 아니요, 전자시계를 롤렉스 시계로 바꾼다고 해서 시간관념이 투철해지는 것도 아닌데, 흔히 그렇게 될 거라는 착각들을 한다. 김상민 객담

☞ 지랄병 고치는 약은 있어도, 화냥기 고치는 약은 없다. 김상민 객담

☞ 몹쓸 자식 두고 우느니보다는, 차라리 무자식으로 웃는 편이 낫다. 김상민 객담

☞ 나는 지금 개도 걸리지 않는다는 오뉴월 감기를 앓고 있다. 따라서 나는 개가 아님이 확실히 증명된 셈이다. 김상민 객담

☞ 들어야 할 말을 듣지 않는 건 귀머거리와 다를 바 없고, 해야 할 말을 하지 않는 건 벙어리와 다를 바 없다. 김상민 객담

☞ 우린 흔히 못생긴 여자들을 '호박'이라며 조롱하지만, 영어권에서는 애인이나 귀여운 딸아이를 애칭으로 'Pumpkin(호박)'이라고들 한다. 김상민 객담

☞ 빚지고 떳떳한 사람 없다. **김상민 객담**

☞ 오뉴월 장마에 터진 강둑은 막아도, 빨래터 참새들의 입방아는 못 막는다.
김상민 객담

☞ 흉년에 배 터져 죽는 놈이나, 풍년에 배 곯아 죽는 놈이나 죽는 건 마찬가지다.
김상민 객담

☞ 도둑놈 집 개가 그나마 굶지 않고 쉰밥이라도 얻어먹고 살려면, 아예 입을 봉하고 살 수밖에 없다. **김상민 객담**

☞ 근심·걱정 없이 사는 것이 행복의 조건이라면, 이 세상에서 가장 행복한 사람들은 바로 정신병자나 치매 환자들뿐이라는 사실을 아는가? **김상민 객담**

☞ 아무리 절친해도 여자를 양보하는 우정
은 없다. 김상민 객담

☞ 실패한 사람들은 기회가 없었던 게 아니
라 기회를 놓쳤을 뿐이다. 김상민 객담

☞ 시집을 안 가거나 못 가는 올드미스보다
더 답답한 사람은 바로 밑의 동생들이
다. 김상민 객담

☞ 모래무지나 산천어가 사는 데는 일급수
가 제격이요, 미꾸라지나 메기가 사는
데는 진흙탕이 제격이다. 김상민 객담

☞ 사람은 변하는 게 잘못이 아니라 변하지
않는 게 잘못이다. '괄목상대(刮目相對)'
라 했으니, 항상 그 모양 그 꼴이어서야
되겠는가? 김상민 객담

☞ 좌절하지만 않는다면 절대로 실패하지도 않는다. 김상민 객담

☞ 책 내용보다 추천서의 글이 훨씬 더 훌륭한 경우가 대부분이다. 김상민 객담

☞ 만약 그렇게 될 수만 있다면 술, 담배, 경찰서, 병원 등은 아예 멀리하고 사는 게 상책이다. 김상민 객담

☞ 내게 친구나 연인처럼 또는 스승처럼 늘 가까이할 수 있는 책이 있다는 건 역시 행복하고 즐거운 일이다. 김상민 객담

☞ 시간이 없어 독서를 못 한다는 사람들은, 설사 세종 큰 임금님께서 사가독서(賜暇讀書)의 기회를 준다 해도 책 읽을 생각을 하지 않을 것이다. 김상민 객담

☞ 얼마나 많이 아느냐보다 얼마나 많이 행하느냐가 중요하다. 김상민 객담

☞ 정작 법 없어도 살 사람들은 어진 사람들이 아니라 사형수들이다. 김상민 객담

☞ 큰일 났다는 사실 자체보다 큰일 난 줄도 모른다는 사실이 더 큰 문제가 된다. 김상민 객담

☞ 흙으로 아담을 빚고 그 아담의 늑골로 하와(이브)를 빚어낸 하느님은, 인류 최초의 누드 조각가다. 김상민 객담

☞ 연(鳶)은 높이 오르길 좋아하고, 물은 낮은 곳으로 흐르길 좋아하지만, 바람과 구름은 높고 낮음을 논하지 않는다. 김상민 객담

☞ 오래된 약속을 지킨다는 건, 대부분 그 당시의 조건과 환경이 변하지 않은 경우에 한해서다. **김상민 객담**

☞ 누구나 행복해지길 원한다. 그러나 남의 행복을 희생시켜 가면서까지 자신의 행복을 추구하는 건 죄악이다. **김상민 객담**

☞ 욕심을 버려야겠다는 그 욕심마저 버리고, 마음을 비워야겠다는 그 마음마저 비울 수 있어야 참 선정(禪定)에 이르렀다고 할 수 있다. **김상민 객담**

☞ 좌우 사상(思想)은 물론, 전과(前科) 유무를 막론하고, 일단 당선만 되면 무노동 유임금에 면책특권을 비롯한 온갖 특혜를 누릴 수 있는 것이, 바로 대한민국의 국회의원들이다. **김상민 객담**

☞ 희망과 용기가 재산이다. 김상민 객담

☞ 서적 수집가 치고 제대로 된 학자 없다.
김상민 객담

☞ 시간을 이용할 줄 모르는 사람들은 항상
시간이 없다고 불평하기 마련이다.
김상민 객담

☞ 극심한 고통도 참고 견딜 수 있다는 것
은, 앓다보면 언젠가는 그칠 날이 있을
거라는 확고한 신념이 있기 때문이다.
김상민 객담

☞ 무소불위의 진시황도 죽고 삼천갑자 동
방삭도 황천객이 되고 말았지만, 백 년
을 살다 가도 하루만 더 살았으면! 하는
게 인간들의 공통된 심사다. 김상민 객담

☞ 부모 팔아 친구 산다지만, 애인 팔아 친구 사는 예는 없다. 김상민 객담

☞ 독서란, 남이 쓴 글을 내 머리로 분석 소화해 내는 정신작업이다. 김상민 객담

☞ 고집불통 농아자들과도 화목하게 지낼 수 있는 사람이라면, 바보가 아니면 가히 성자(聖者)라 할 수 있다. 김상민 객담

☞ 책을 샀다고 해서 내 것이 되는 것이 아니라, 책의 내용을 소화해야만 비로소 내 것이 되었다고 할 수 있다. 김상민 객담

☞ 버나드 쇼가 "가장 많은 영향을 받은 책은 은행통장"이라며 너스레를 떨었다지만, 유태인들에게 가장 영향을 준 책은 아마 수용소 철책이었으리라. 김상민 객담

☞ 읽지도 않을 책을 산다는 건 정신적인 허영이요 책에 대한 모욕이다.
김상민 객담

☞ 화려한 정원에서 자란 값비싼 화초보다, 토담 길 모퉁이에 다소곳이 피어 있는 들국화 한 송이의 자태가 더욱 아름다운 경우도 있다. **김상민 객담**

☞ 한 번도 좌절해 보지 않았다는 사람은, 불굴의 의지를 가진 오뚝이 인생이거나, 한 번도 시도해 보지도 않은 머저리 인생임에 틀림없다. **김상민 객담**

☞ 영국의 정치가 디즈레일리는 "단 한 권의 책밖에 읽은 적이 없는 사람을 경계하라."고 했지만, 한 권도 읽지 않은 사람보다는 훨씬 낫다. **김상민 객담**

☞ 비논리적인 말들(한 번씩 생각해 보시도록)

"숨도 안 쉬고 숨어 있었어"

"입 다물고 밥이나 먹어"

"문 닫고 들어 와"

"꼼짝 말고 손들어"

"볼펜이 어디 갔지?"

"법 없어도 살 사람"

"팔을 걷고 나선다"

"술이 취했다"

"칠전팔기(七顚八起)" etc.

김상민 객담

☞ 책은 나의 영원한 친구이며 동반자이자 스승이다. **김상민 객담**

☞ 활을 쏘려면 실눈부터 감아야 하고, 장작을 패려면 손바닥에 침부터 뱉어야 한다. **김상민 객담**

☞ 기록보다 더 훌륭한 기억 장치는 없다.

　　김상민 객

☞ 이혼을 하게 되는 가장 큰 이유는, 나처럼 결혼을 했기 때문이다. 김상민 객담

☞ 한 사람의 친구를 얻기 위하여 한 사람의 적을 만드는 건 어리석은 짓이다.

　　김상민 객담

☞ 만약 형제간에 땅을 공평하게 나눠 가지려면, 분할권과 선택권을 하나씩 노나 가지면 된다. 김상민 객담

☞ 지금의 나는 지난날의 나보다 한 걸음 앞선 사람이어야 하고, 먼 훗날의 나 역시 지금의 나보다 또 한 발짝 앞선 사람이 되도록 노력해야 한다. 김상민 객담

☞ 내가 바라는 만큼 먼저 남에게 베풀어 보라. 길상민 객담

☞ 독선적인 자만심도 문제지만, 무책임한 의타심도 마찬가지다. 길상민 객담

☞ 중병을 앓아보기 전엔 건강의 고마움을 모르듯이, 이별을 해 보기 전엔 사랑의 소중함을 모른다. 길상민 객담

☞ 남이 나를 믿어주지 않는다고 원망할 것이 아니라, 남에게 믿음을 주지 못한 자신을 돌이켜보라. 길상민 객담

☞ 동물 애호가들이 개 새끼(강아지)들에게 쏟는 정성의 반만큼만이라도 부모형제나 이웃들에게 쏟아준다면, 훨씬 더 정겹고 살 만한 세상이 될 텐데. 길상민 객담

☞ 인명(人命)은 유한(有限)하되 할 일은 무한(無限)하다. 김상민 객담

☞ 얼마나 많은 친구가 있느냐가 중요한 게 아니라, 얼마나 진실한 친구들이 있는가가 중요하다. 김상민 객담

☞ 성폭행 피해자들은 하나같이 "짐승처럼 덤볐다"고들 하지만, 동물들의 세계에서 사람처럼 무자비하게 강간당했다는 얘긴 아직 들어 본 적이 없다. 김상민 객담

☞ 공자는 "자기보다 못한 자와 벗하지 말라(毋友不如己者)."고 했으나, 나는 나보다 못한 사람을 상대하지 않고, 나보다 나은 사람들은 그들이 나를 상대해 주지 않는다면, 결국 초록동색에 유유상종밖에 더 되겠는가? 김상민 객담

☞ 지나친 자유는 방종이 될 수밖에 없다.
김상민 객담

☞ 자신의 권리와 자유를 내세우는 사람들
일수록, 남의 권리와 자유는 외면하기
일쑤다. 김상민 객담

☞ 반드시 상대가 있어야 즐길 수 있는 탁
구, 테니스, 장기바둑 등과는 달리, 혼자
일수록 제대로 즐길 수 있는 것이 바로
'독서'라는 고품격 취미다. 김상민 객담

☞ 허리를 꺾을 수 있는 데까지 꺾고서라도
권력에 빌붙어 호가호위(狐假虎威)하며
거들먹거리는 아부형 인간들이 있는가
하면, 미꾸라짓국에 용트림하면서도 왕
초 노릇만 고집하는 보스형 인간들도 부
지기수다. 김상민 객담

☞ 인생이 희극인가? 비극인가? 아니면 오페레타(경가극)이던가? 길상민 객담

☞ 아무리 하찮은 주검이라도 반겨줄 사람이 있다. 바로 장의사들이다. 길상민 객담

☞ 유능한 항해사는 역풍도 순풍으로 활용하지만, 무능한 항해사는 순풍도 역풍으로 몰아붙인다. 길상민 객담

☞ 책을 읽고 단 한 구절에라도 삶의 지혜를 얻을 수만 있다면, 충분히 읽은 보람이 있다고 할 수 있다. 길상민 객담

☞ 사슴 목에 꽃목걸이를 건다고 해서 꽃사슴이 되는 것도 아니요, 노류장화(路柳墻花)가 열녀전 끼고 다닌다고 해서 요조숙녀가 되는 것도 아니다. 길상민 객담

☞ 양서(良書)를 읽은 양과 지적 수준은 정비례한다. 길상민 객담

☞ 자유를 수호하기 위해선 자유를 희생할 줄도 알아야 한다. 길상민 객담

☞ 실연당하고 우는 것이 사랑해 보지도 않고 웃는 것보다 훨씬 낫다. 길상민 객담

☞ 못난 아비가 못난 자식에게 '못난 놈'이라고 꾸짖는 건, 꼽추가 자기 그림자더러 넌 왜 등이 굽었느냐고 불평하는 것과 다를 바 없다. 길상민 객담

☞ 소크라테스도 공처가요 나 또한 공처가임엔 틀림이 없다. 다만, 소크라테스는 공처가(恐妻家)였지만 나는 공처가(空妻家)'이니 격이 다를 뿐이다. 길상민 객담

☞ 성적표나 고과표의 점수는, 자신이 쏟은 열정과 노력에 정비례한다. 김상민 객담

☞ 나태한 자들의 시간은 고장 난 시계처럼 늘 제자리에 정체되어 있다. 김상민 객담

☞ 사랑을 받는 것보다 더 황홀한 사랑은, 누군가를 홀로 짝사랑하는 것이다.
김상민 객담

☞ 백척간두 사면초가의 곤경에 처했을 때, 구원의 손길을 뻗어 줄 수 있는 친구가 진정한 친구다. 김상민 객담

☞ 아리스토텔레스가 "만인의 친구는 누구의 친구도 아니다."라고 했으나, 연예인이나 정치인들은 모든 사람들의 친구가 되어야 한다. 김상민 객담

☞ 설령 원수지간이 되더라도 후회하지 않을 친구라면 금전거래를 해도 좋다. **김상민 객담**

☞ '정직'이란 누구나 갖춰야 할 기본 덕목임엔 틀림없다. 그러나 지혜를 수반하지 못한 정직은 자칫 화근의 불씨가 될 수도 있다. **김상민 객담**

☞ 잘생긴 아가씨는 공동소유가 될 가능성이 크지만, 못생긴 여자라고 해서 독과점 품목으로 분류하는 것은 꽤나 어리석은 생각이다. **김상민 객담**

☞ 초원을 주름잡는 사자들도 하찮은 모기떼에 시달림을 당하고, 역발산기개세(力拔山氣蓋世)의 코끼리들도 미물인 거머리들에게 괴롭힘을 당한다. **김상민 객담**

☞ 당신의 얼굴이 곧 당신의 심상(心相)이
니라. 김상민 객담

☞ 낙화(落花)는 가는 봄을 원망하지 않고,
군자는 오는 백발을 탓하지 않는다.
김상민 객담

☞ 궁녀들은 성은을 입는 것이 상책이요,
미결수들은 누명을 벗는 것이 상책이다.
김상민 객담

☞ 새옹지마 인생살이가 '희로애락'의 연속
일진대, 어찌 늘 건강하고 웃을 날만을
기대하겠는가? 김상민 객담

☞ 내 곁을 떠난 사람을 원망하기 전에, 그
를 떠나게 한 잘못이 내게 있지 않았던
가를 돌이켜보라. 김상민 객담

☞ 인간이란, 사색을 하고 명상도 하며 시치미도 떼고 거짓말까지 할 줄 아는 유일한 멀티형 동물들이다. 김상민 객담

☞ 내진설계 건물이 지진에 견뎌내는 이유는, 건물의 하부구조가 지면의 진동에 호응하는 유동성이 있기 때문이다. 김상민 객담

☞ 어두운 밤이 있었기에 찬란한 아침 햇살이 더욱 반갑고, 혹독한 겨울이 있었기에 화창한 봄바람이 더욱 살가워진다. 김상민 객담

☞ 맹자도 '왕자불추 내자불거(往者不追 來者不拒)'라고 했듯이, 인연을 소중하게는 생각하되 매달리며 집착하지는 마라. 김상민 객담

☞ 단정한 복장과 품위 있는 언행보다 더 훌륭한 소개장은 없다. 김상민 객담

☞ 가진 것이 많아질수록 욕심도 커가지만, 애옥살이에 이골이 나면 욕심마저 소박해진다. 김상민 객담

☞ 새로운 친구를 사귀는 것도 중요하지만, 있는 친구를 제대로 챙기는 건 그보다 더 소중한 일이다. 김상민 객담

☞ 돈이 인생의 전부는 아니다. 그러면서도 전부가 아닌 그 돈이 인생을 끈질기게 괴롭힌다는 것이 문제다. 김상민 객담

☞ 내가 울고 있는데도 웃어주는 거울은 없다. 억지로라도 웃어 보라. 그러면 거울도 함께 따라 웃어 주리라. 김상민 객담

☞ 마지못해 하는 일에 성공을 기대하는 건 사상누각이 될 수밖에 없다. 김상민 객담

☞ 가장 경계해야 할 것은 가난도 아니요 불행도 아닌 삶에 대한 무책임이다. 김상민 객담

☞ 뭔가를 얻을 수 있어 행복한 것이 아니라, 뭔가를 베풀 수 있다는 것이 진정한 행복이다. 김상민 객담

☞ 생선은 생선다운 비린내가 있고 꽃은 꽃다운 향기가 있듯이, 사람은 사람다운 체취가 있어야 한다. 김상민 객담

☞ 강태공들 세월 낚기에 죄 없는 지렁이들만 죽어나고, 백년손님 사위 접대에 애먼 씨암탉 목만 비틀린다. 김상민 객담

☞ 너는 너다운 네가 되어야 하듯이, 나는 나다운 내가 되어야 한다. 김상민 객담

☞ 그대가 책을 멀리하지 않는 한, 책은 절대로 그대를 외면하지 않으리라. 김상민 객담

☞ 먼 앞날을 내다보기 전에 우선 발밑에 있는 돌부리부터 치울 생각을 하라. 김상민 객담

☞ 별로 대단치도 않은 문제를 대단한 문제라고 생각하는 것이 대단한 문제점이 되기도 한다. 김상민 객담

☞ '술주정뱅이'라는 소리가 듣기 싫어 술을 마신다는 것이 알코올 중독자들의 이유 있는 자아변론이다. 김상민 객담

☞ 실패에서 얻은 경험보다 더 값진 교훈은 없다. 길상민 객담

☞ 자신(自身)이 하는 일에 자신(自信)을 가지도록. 길상민 객담

☞ 소고재비가 되려면 고개 까딱이는 법부터 배워야 하고, 싸움꾼이 되려면 맞는 법부터 배워야 한다. 길상민 객담

☞ 슬퍼하는 자를 위로할 때, 불난 집에 부채질하는 꼴이 되지 않으려면 어휘 선택에 신경을 써야 한다. 길상민 객담

☞ 설령 조상 제삿날은 잊더라도, 가화만사성은 물론 노후를 위한 적금 넣는 셈 치고라도, 아내의 생일과 결혼기념일만은 꼬박꼬박 챙겨 줘야 한다. 길상민 객담

☞ 좋은 친구를 만날 수 있는 가장 확실한 방법은, 내가 먼저 좋은 친구가 되어 주는 것이다. 길상민 객담

☞ 장의업자가 애석해할 정도의 죽음이라면, 인생을 제대로 살다 간 영혼이라고 할 수 있다. 길상민 객담

☞ 사는 것은 물론, 죽는 것 또한 각자의 고유권한이다. 다만, 자살만은 조상과 생명에 대한 최대의 모욕이자 죄악임을 명심해야 한다. 길상민 객담

☞ 연꽃은 진흙탕 속에서도 청정무구한 꽃을 피우기에 더욱 고결하고, 추국(秋菊)은 가을 된서리 속에서도 향기 짙은 꽃을 피우기에 선비들이 '오상고절(傲霜孤節)'이라 칭송한다. 길상민 객담

☞ 각자의 언행이 각자의 인격을 대변한다.
김상민 객담

☞ 지난 일을 거울로 삼되 얽매이진 말아야
한다. 김상민 객담

☞ 거짓말을 할 줄 모르는 사람은 바보이지
만, 거짓말을 하지 않는 사람은 진실한
사람이다. 김상민 객담

☞ 최고가 되는 것도 중요하지만, 최선을
다하는 건 그보다 더 중요한 덕목이 된
다는 사실을 잊지 마라. 김상민 객담

☞ 성공하는 사람들은 실패한 이유를 분석
하여 재도전하지만, 실패하는 사람들은
시작도 하기 전에 핑곗거리부터 찾는다.
김상민 객담

☞ 나도 50년 전에는 피 끓는 젊은이였다.
김상민 객담

☞ 죽었다 깨어나도 안 되는 것이 바로 죽었다 깨어나는 것이다. 김상민 객담

☞ 가고 싶은 대로 가고, 하고 싶은 대로 여행하고 싶다면 반드시 홀로 떠나라.
김상민 객담

☞ 각자도생(各自圖生)일 뿐, 하느님 위해 기도하는 것도 아니요, 부처님 위해 절하는 것도 아니다. 김상민 객담

☞ 앉은뱅이의 친구가 되려면 그의 두 다리가 되어 주고, 장님의 친구가 되려면 그의 두 눈이 되어 줄 각오가 되어 있어야 진정한 친구가 될 수 있다. 김상민 객담

☞ 만인의 축복 속에 떠나는 저승길보다 더
비참한 죽음은 없다. 김상민 객담

☞ 헛된 욕심을 버려라. 모든 불행은 과욕
(過慾)에서 비롯되느니. 김상민 객담

☞ 가장 무의미한 삶은, 자신의 존재 이유
를 모르고 사는 것이다. 김상민 객담

☞ 술이 취한 것이 아니라 사람이 술에 취
했는데도, 다들 "술이 취했다"고 한다.
김상민 객담

☞ 야생동물들은 다만 생존권을 위하여 투
쟁을 하지만, 인간들은 자유와 평화를
위한다는 허울 좋은 명분 아래 전쟁과
살육을 일삼는 잔인한 동물들이다.
김상민 객담

☞ 거짓말쟁이가 참말 할 때를 조심하라.

김상민 객담

☞ 시작이 잘못되었음을 알았으면 미련 없이 궤도를 수정하라. **김상민 객담**

☞ 꿈이나 목표가 없는 삶은, 나침반 없이 대양을 표류하는 조난선과 다를 바 없다. **김상민 객담**

☞ 도전해 보지도 않은 나약함을 부끄러워할지언정, 노력하다 실패했다는 사실을 부끄러워할 필요는 없다. **김상민 객담**

☞ 말보다 행동이 앞서는 자가 상급인생이요, 말부터 해놓고 행동하는 자가 중급인생이며, 호언장담해 놓고도 실천하지 않는 자는 하급인생이다. **김상민 객담**

☞ "신은 죽었다"고 갈파한 니체도 죽었지만, 나는 아직도 건재하고 있다.

김상민 객담

☞ 청상과부 속옷 감추듯 자신의 속내를 드러내지 않는 사람들과는 인생을 논하지 마라. **김상민 객담**

☞ "백락이 있은 후에 천리마도 있다.(伯樂然後有千里馬)"고 했듯이, 예술작품이나 인재들 역시 이와 다를 바 없다.

김상민 객담

☞ 책을 빌려달라는 사람도 바보요 빌려달라고 해서 빌려주는 사람도 바보지만, 빌렸다가 되돌려 주는 사람은 더 큰 바보라고 하던, 옛 선비들의 낭만적인 여유가 무척 아쉬운 세상이다. **김상민 객담**

☞ "약한 자여, 그대 이름은 여자이니라?"

"약한 자여, 그대 이름도 여자이니라."

길상민 객담

☞ 직업 의식

장의사 : 저토록 앓느니 죽는 게 낫지.

한의사 : 죽는 것보다야 앓는 게 낫지.

길상민 객담

☞ 화장실 휴지로도 쓸 수 없는 하찮은 종이쪽지(돈)를 두고, 온갖 만행(蠻行)을 일삼는 몹쓸 인간들의 탐욕에 신의 저주가 있을진저. **길상민 객담**

☞ '장기판의 졸'이라고 우습게 보지 마라. 투철한 희생정신으로 단 한 발짝도 물러설 줄을 모르는 임전무퇴의 용맹무쌍한 병사들임을 왜 모르는가? **길상민 객담**

☞ 순진하고 어리숙함을 가장한 타짜들을 조심하라. 김상민 객담

☞ 오늘은 어제와 내일을 연결시켜 주는 징검다리다. 김상민 객담

☞ 깡마른 사람 치고 신경 둔한 바보 없고, 비만형인 사람 치고 감각 예민한 위인 드물다. 김상민 객담

☞ 바꾸지 말아야 할 것은 비단 마누라와 자식뿐만 아니라, 오랜 친구도 당연히 포함되어야 한다. 김상민 객담

☞ 흙수저 금수저 논할 것 없다. 예수는 아비 없는 자식이요, 공자는 야합의 씨앗이라는 불명예를 안고도, 사성(四聖)으로 추앙받고 있지 아니한가? 김상민 객담

☞ '희망과 용기'는 무비용 고효능의 만능 활력소다. 김상민 객담

☞ 부모님은 집안의 대들보와 같고 형제는 수족과 같으며, 일가친척은 울타리와 같다. 김상민 객담

☞ 사회나 국가를 위하여 아무것도 한 일이 없는 사람들일수록, 불평불만은 더욱 거칠기 마련이다. 김상민 객담

☞ 자신의 앞길도 가리지 못하면서 남의 버릇 고치러드는 것이 '오지라퍼'들의 못된 버르장머리들이다. 김상민 객담

☞ 사랑에는 질투가 따르기 마련이다. 그러나 질투하지 않는다고 해서 애정이 없다고 속단하는 건 잘못이다. 김상민 객담

☞ 어차피 해야 할 일이라면 즐기면서 할 수 있도록 노력하라. 김상민 객담

☞ 간사한 자는 면전에서 아첨하고 돌아서서 비난하지만, 진실한 사람은 앞에선 간언(諫言)하고 뒤에선 칭찬을 한다. 김상민 객담

☞ 실패할 때마다 또 한 번의 교훈을 얻었다고 생각하라. 거듭된 실패 끝에 일궈낸 성공일수록 그 성취감은 배가(倍加)되느니라. 김상민 객담

☞ 힘이 부치더라도 혼자서 일어설 수 있도록 노력하라. 누구에겐가 기댈 생각만 하면, 영원히 자립할 수 없는 캥거루족이나 기생충 같은 더부살이 인간이 되고 말 테니까. 김상민 객담

☞ 내일 당장 그만 둘지라도 오늘까지는 최선을 다하라. 길상만 객담

☞ 곪을수록 덧나는 종기처럼, 자만심은 내세울수록 더욱 추악해진다. 길상만 객담

☞ 일하고 싶어 하는 사람들에겐 힘든 일이 없고, 일하기 싫어하는 사람들에겐 쉬운 일이 없다. 길상만 객담

☞ 많이 보고 많이 듣되 말수는 줄여라. 말 많은 허풍선이를 좋아할 속 넓은 멍청이는 아무도 없다. 길상만 객담

☞ 사또는 쓸데없는 소리를 해도 지당하신 말씀이 되지만, 이방은 지당하신 말씀을 하는데도 쓸데없는 소리가 되고 마는 것이 세상 인심이다. 길상만 객담

☞ 선행만 베푸는 천사도 없고, 악행만을 일삼는 악마도 없다. 길상만 객담

☞ 과욕(過慾)은 불행의 씨앗이 되고, 과욕(寡慾)은 행복의 지름길이 된다.
길상만 객담

☞ '행복'이란, 어느 특정인의 전유물도 아니요 아무에게나 무작위로 걸려드는 사은품도 아니다. 다만, 자신의 노력에 대한 응분의 성과급이라 할 수 있다.
길상만 객담

☞ 말에도 하나마나한 말이 있고 해선 안될 말이 있는가 하면, 반드시 해야 할 말도 있다. 다만, 해야 할 말을 하지 않는 것도 문제지만, 해선 안 될 말을 하는 건 그보다 더 큰 문제가 된다. 길상만 객담

☞ 누구에게나 알 권리가 있듯이 누구에게나 모를 권리도 있다. **길상민 객담**

☞ 반드시 노력한 만큼의 결과가 보장되는 건 아니다. 그러나 반드시 나태한 만큼의 손실은 나타나기 마련이다.
길상민 객담

☞ 응분의 보상을 바라고 베푸는 선행은 자선이 아니라, 반사이익을 노리는 장사꾼들의 투자 행위와 다를 바 없다.
길상민 객담

☞ 하늘이 알고 땅이 알고 자네가 알고 내가 알아 '사지(四知 : 天知·地知·自知·我知)'라고 했는데, 대한민국 국회의원들은 애석하게도 자신들만이 모르고 있는 것 같아 못내 안타깝다. **길상민 객담**

☞ 역경(逆境)을 극복하는 것도 힘들지만, 순경(順境)을 유지하는 것 또한 그에 못지않다. 김상민 객담

☞ 약장사나 사기꾼 치고 말 못하는 놈 없고, 선무당이나 돌팔이 의사 치고 만병통치 못 하는 놈 없다. 김상민 객담

☞ 누구나 일방통행식 사고방식에서 벗어나야 한다. 맴돌다 어지러울 땐 반대쪽으로 돌아야 회전감각이 회복된다는 사실을 명심하라. 김상민 객담

☞ 구멍가게 규모에 백화점식 메뉴를 내건 식당에서 맛있는 음식 먹을 생각은 접는 게 좋다. 어떤 음식이든 다 잘할 수 있다는 건, 제대로 할 수 있는 건 아무것도 없다는 뜻이 되기 때문이다. 김상민 객담

☞ 별거는 이혼의 전주곡이다. 길상민 객담

☞ 이혼은 결혼 실패가 아니라 재도약을 위한 궤도 수정의 일환이다. 길상민 객담

☞ 냄새는 바람 따라 흘러가지만, 소문은 태풍도 거슬러 퍼져나간다. 길상민 객담

☞ 세상만사 새옹지마(塞翁之馬)라 어제의 행운이 오늘의 불행이 될 수도 있고, 오늘의 불운이 내일의 행복이 될 수도 있다. 길상민 객담

☞ 반포지효(反哺之孝)는 고사하고 부모를 버리는 패륜 자식들도 그렇거니와, 버림받는 부모들 역시 삼강오륜을 제대로 가르치지 못한 잘못 또한 결코 적지 않으니, 과보(果報)라 할 수밖에. 길상민 객담

☞ 자신이 바보인 줄을 아는 사람은 바보가 아니다. 진짜 바보는 자신이 바보인 줄을 모르기 때문이다. **길상민 객담**

☞ 남의 아내는 헤픈 여자이길 바라면서도, 자기 아내만은 요조숙녀이길 바라는 것이 남자들의 못된 놀부 심보들이다. **길상민 객담**

☞ 밑 빠진 독이야 물에 담가버리면 목구멍까지 가득 채워 버릴 수 있지만, 허영심 많은 여자들의 욕심은 태산으로도 메울 수 없다. **길상민 객담**

☞ 연설을 할 땐 영어로 하고, 사랑을 속삭일 땐 불어, 꾸짖을 땐 러시아어로 하는 게 제격이라지만, 우리말은 무소불위의 다기능 만능 언어가 아닐까? **길상민 객담**

☞ 꿈이 없는 젊음은 바람 빠진 애드벌룬과 같다. **김상민 객담**

☞ 결혼의 첫째 조건은 당연히 사랑이어야 한다. 다만, 민생고를 해결할 능력을 갖추고 나서의 일이다. **김상민 객담**

☞ 공산주의 사회에서의 민주주의자나, 민주주의 사회에서의 공산주의자는 악성 바이러스가 될 수밖에 없다. **김상민 객담**

☞ 도척은 중국 역사상 가장 악랄한 도적이었으나 그의 형 유하혜는 훌륭한 도덕군자였으며, 주희는 남송의 위대한 학자였으나 그의 형은 '바보'의 표본이랄 수 있는 '숙맥불변(菽麥不辨)'의 주인공이었으니, 어찌 왕후장상의 씨가 따로 있다고 할 수 있겠는가? **김상민 객담**

☞ 신중히 생각하라. 그리고 지혜롭게 행동하라. 김상민 객담

☞ 나는 아직 '사랑'과 '용서'란 말보다 더 자애로운 말을 알지 못한다. 김상민 객담

☞ 살인범들 대부분이 죽일 의향은 없었다며 극구 변명한다. 그러나 이미 살해당한 피해자로선 그들의 살인 의사 유무와는 전혀 상관없는 얘기다. 김상민 객담

☞ 톨스토이는 "신앙 없이 살아가는 건 짐승의 삶과 다를 바 없다."고 했는가 하면, 김구 선생은 "자기(하느님)를 믿지 않는다고 지옥에 떨어뜨린다는 것이 겨우 신이 하는 짓이라면, 차라리 나 자신을 믿는 게 낫다."고 했으니 믿느냐? 마느냐? 이것 또한 문제로다. 김상민 객담

☞ 자신이 겸손하다고 생각하는 것 자체가 자만이요 교만일 수밖에 없다. **김상민 객담**

☞ '제 잘난 멋에 산다'는 걸 탓할 수는 없다. 다만, 남들 잘난 멋은 인정해 주지 않는다는 데에 문제가 있다. **김상민 객담**

☞ 피고나 원고 측의 변론 중 어느 한 쪽은 분명히 견강부회하고 있음이 분명한데, 그런 억지까지도 허용된다는 것이 바로 민주주의의 양면성이다. **김상민 객담**

☞ 가질 것 다 가졌으면서도 궁상맞게 사는 사람들이 있는가 하면, 있는 것보다 없는 것이 더 많은 가난 속에서도 넉넉한 마음으로 사는 사람들도 있다. **김상민 객담**

☞ 행복은 성적순이 아닐지라도, 올림픽 메달은 성적순에 따른다. 김상민 객담

☞ 클라크 박사가 "Boys, be ambitious." 라고 했듯이, 금메달에 목표를 두고 노력하다 보면, 하다못해 동메달이라도 목에 걸 수 있게 된다. 김상민 객담

☞ 사업가들에겐 열정이 있어야 하고, 연인들에겐 애정이 있어야 하며, 친구들에겐 우정이 있어야 하고, 모든 사람들에겐 인정이란 게 있어야 한다. 김상민 객담

☞ '과반수 찬성'이라는 제도는 민주주의 사회의 골든룰임엔 틀림없으나, 다수 의견이라고 해서 반드시 옳은 결정이라고 단언할 수 없다는 결점도 인정하지 않을 수 없다. 김상민 객담

☞ 장님이 갑자기 눈을 뜨면 다니던 길도 헷갈리게 된다. **김상민 객담**

☞ 뼈저린 패배를 당해 보지 않고선 진정한 승리의 쾌감을 알 수 없다. **김상민 객담**

☞ 차라리 분별 있는 적을 둘지언정, 사악한 친구는 가까이하지 마라. **김상민 객담**

☞ 가진 게 없어 불행한 것이 아니라, 더 가지려는 욕심이 불행을 초래한다.
김상민 객담

☞ 무조건 캔버스를 빈틈없이 떡칠해야 하는 서양화의 충만감보다, 안개 낀 산하에 붓끝 한 번 스치지 않은 동양화의 그윽한 여백에서, 더욱 안온(安穩)함과 정겨움을 느끼게 된다. **김상민 객담**

☞ 가질 수 없는 것에 집착하지 말고, 가지고 있는 것에 고마워하라. 김상민 객담

☞ 플라톤이 "친구는 모든 것을 나눈다."고 했지만, '여자만은 예외'다. 김상민 객담

☞ 단지 먹고살기 위하여 마지못해 일하는 사람 치고 크게 성공한 사람 없다. 김상민 객담

☞ 가장 가까이에 있는 연인끼리도, 서로 지구 반대쪽으로 돌아서 오면 가장 먼 사이가 된다. 김상민 객담

☞ 축복 중에서도 가장 큰 축복은 현모양처(賢母良妻)를 만나는 것이요, 재앙 중에서도 가장 큰 재앙은 우모악처(愚母惡妻)를 만나는 것이다. 김상민 객담

☞ 자유를 누리기 위하여 자유를 절제할 줄
도 알아야 한다. 김상민 객담

☞ 육체적인 장애보다 정신적인 장애가 훨
씬 더 고약한 병이다. 김상민 객담

☞ 행주는 구정물 속에 있어도 행주이지만,
걸레는 빨아도 걸레일 수밖에 없다.
김상민 객담

☞ 독신주의자들은 가족을 부양해야 하는
임무를 면제받는 대신, 진정한 삶의 보
람도 기대하지 말아야 한다. 김상민 객담

☞ 남에게 충고하길 좋아하는 사람들의 공
통점은, 자신은 조금도 충고받을 일이
없을 거라는 착각에 사로잡혀 있다는 점
이다. 김상민 객담

☞ 내 일생에 가장 현명한 결단은, 금연과 이혼이었다. 김상민 객담

☞ 노름꾼 치고 거짓말 못 하는 놈 없고, 협잡꾼 치고 붙임성 없는 놈 없다. 김상민 객담

☞ 가진 거라곤 주먹밖에 없는 건달들은, 세상 사람들이 다 샌드백으로 보이기 마련이다. 김상민 객담

☞ 누구나 지구를 두 손으로 간단히 들어올릴 수 있다. 믿을 수 없다면 직접 물구나무를 서 보라. 김상민 객담

☞ 때로는 적당히 똑똑하고 때로는 적당히 어리석은 것도, 때로는 맛깔스러운 삶의 조미료가 될 수도 있다. 김상민 객담

☞ 십계명 (7) : 간음하지 말라.

　일본 속담 : 배꼽 아래에 인격이 있나?

　길상민 객담 (臍の下に人格があるか?)

☞ 다시 태어나도 같은 배우자를 만나고 싶어 하는 부부들은, 이미 서로에게 충분히 길들여져 있기 때문이다. **길상민 객담**

☞ 소꼬리보다 닭대가리가 되고 싶어 하는 사람들도 있는가 하면, 닭대가리보다 소꼬리가 되고 싶어 하는 사람들도 있다.
길상민 객담

☞ 미혼 남자들은 무조건 결혼을 하라. 요행히 현모양처를 만나게 되면 그런대로 한세상 순탄하게 살게 될 것이요, 어쩌다 악처를 만나게 되면 소크라테스 같은 철학자가 될 테니까. **길상민 객담**

☞ 직접 체험해 보는 것보다 더 훌륭한 스
승은 없다. **김상민 객담**

☞ 딸은 내 딸이 더 예뻐 보이지만, 아내는
남의 아내가 더 예뻐 보인다. **김상민 객담**

☞ 값비싼 명품 가방을 가진 복부인들은,
남들이 감탄하며 부러워하는 시선이 중
요할 뿐, 가방의 실용성이나 기능성 같
은 건 전혀 관심 밖의 일이다. **김상민 객담**

☞ 우리 영어 교육의 가장 큰 잘못은, 말을
가르치기 전에 문법부터 가르치려는 데
에 있다. 일자 무식자들도 할 말 다하고
사는 것만 봐도 알 수 있듯이, 커뮤니케
이션의 궁극적인 목적은 문법에 있는 것
이 아니라 상호 의사소통에 있다는 사실
을 망각하고 있기 때문이다. **김상민 객담**

☞ 자발없지 않은 천재 없고, 심통 없는 바
보 없다. 김상민 객담

☞ 재능이나 천재성보다 더욱 중요한 것은
인내와 노력이다. 김상민 객담

☞ 친구가 없음을 한탄하기 전에 친구가 되
지 못한 자신을 돌이켜보라. 김상민 객담

☞ 콘도르는 안데스 산맥의 창공을 주름잡
는 것이 제격이요, 사자는 아프리카 초
원을 질주하는 것이 제격이다.
김상민 객담

☞ 시기와 질투보다는 사랑과 포용을, 허영
과 사치보다는 근검과 절약을, 자만과
교만보다는 겸손과 경양지심이 충만토
록 하소서. 김상민 객담

☞ 해수욕장이나 목욕탕에선 벗는 놈이 양반이다. 길상민 객담

☞ 재물은 쓰면 쓸수록 고갈되지만, 지혜는 쓰면 쓸수록 넉넉해진다. 길상민 객담

☞ 머릿속은 텅 빈 깡통이면서도 말은 잡화상처럼 화려한 사람들을 경계하라. 길상민 객담

☞ 무지하다는 결점보다 자신이 무지하다는 사실을 모르고 있다는 것이 더 큰 결점이 된다. 길상민 객담

☞ 불륜관계처럼 황홀한 사랑은 없다지만, 부부가 되고 나서도 그런 달콤한 사랑이 지속될 것으로 기대하는 건, 심각한 망상이 아닐 수 없다. 길상민 객담

☞ 세상에서 가장 무겁고 부담스러운 짐은 바로 남에게 진 빚이다. **김상민 객담**

☞ 내가 누구에겐가 사랑받는다는 건 더없는 행복이지만, 내가 누군가를 사랑한다는 건 그보다 더 큰 행복이다. **김상민 객담**

☞ 아무리 깊은 우물도 물이 마르면 바닥을 드러내지만, 여자들은 오장육부를 들어내도 결코 속마음을 드러내지 않는 베일 속 동물들이다. **김상민 객담**

☞ 내가 대한민국 국민으로 태어났다는 것이 자랑스럽고, 내 부모님의 아들로 태어났다는 것도 자랑스럽지만, 내 마누라의 남편이 되었던 게 뼈저리게 후회스럽고, 내 자식들의 아비가 되었던 게 죽고 싶도록 창피할 뿐이다. **김상민 객담**

☞ 기쁨에도 부끄러운 기쁨이 있고, 슬픔에도 자랑스러운 슬픔이 있다. 길상민 객담

☞ 굽은 목재는 먹줄로 다루듯이, 못된 자식 버르장머리는 회초리로 다스려야 한다. 길상민 객담

☞ 집 나간 며느리는 다시 불러들일 수 있어도, 입 밖으로 내뱉은 말은 영영 불러들일 수 없다. 길상민 객담

☞ 실은 '무(無)'가 있기에 '유(有)'가 있고, '유(有)'가 있기에 '무(無)'가 존재하듯이, 네가 있음으로써 내가 있고 내가 있음으로써 너의 존재가 인정되는 것이니, '유'와 '무'를 어찌 별개라 할 것이며, '너'와 '나'의 상대성을 어찌 무관하다 할 수 있겠는가? 길상민 객담

☞ 만민은 평등하다. 그러나 인품에는 분명
상하 고저(上下高低)가 있다. 길상만 객담

☞ 이미 망각 속으로 사라져버린 무플 정치
인이나 연예인들은, 차라리 악플에 시달
리는 인기인들의 고통과 괴로움마저도
부러워하게 된다. 길상만 객담

☞ 아무리 신통한 영약이라 해도 누구에게
나 만병통치약이 될 순 없듯이, 비록 훌
륭한 인격자라 해도 모든 사람들에게 존
경받기란 어려운 법이다. 길상만 객담

☞ 프랑스의 물리학자·철학자·종교사상가
에다 수학자였던 파스칼은, 어렸을 때
두통이 심할 땐 수학 공부를 했다지만,
나는 속이 상할 땐 글을 쓰거나 독서를
하며 마음을 추스른다. 길상만 객담

☞ 어리석은 자는 보복을 다짐하고, 지혜로운 자는 용서를 생각한다. 길상만 객담

☞ 거울은 사물의 앞면만 비춰주지만, 술은 사람의 속마음까지 비춰준다. 길상만 객담

☞ 재물에 눈이 어두워 부모형제를 해치는 인간 망종들이 있는가 하면, 남을 살리려고 자신의 목숨을 희생하는 살신성인의 의인(義人)들도 있다. 길상만 객담

☞ 바깥출입하는 행위를 영어로 'Go Out'이라 하고, 일본어 역시 단순히 '가이슈츠(外出)'라고 하여 '밖으로 나간다(家出)'는 뜻만 있다. 그러나 한글에는 '나갔다 들어온다' 즉, '나들이'라는 논리적이고 아름다운 우리말이 있어 자랑스럽지 아니한가? 길상만 객담

☞ 아내를 통제할 수 있는 사람은 천하도 통제할 수 있다. 길상민 객담

☞ 이웃집 불 탄 개도 꼬리 치고 따르면 귀엽듯이, 누구나 자신을 따르는 자에게 정이 쏠리기 마련이다. 길상민 객담

☞ 첫째 잔은 우정을 위하여 건배, 둘째 잔은 사랑을 위하여 축배, 셋째 잔은 인생을 위하여 브라보! 길상민 객담

☞ 장애인이라고 해서 무조건 불편한 것만은 아니다. 즉, 장님이 까막잡기할 때나, 앉은뱅이가 좌선공부할 때, 절름발이가 깨금발 싸움할 때, 농아자가 묵언참선할 때, 애꾸가 활쏘기할 때, 꼽추가 모심기할 때 등등은 비장애인들보다 훨씬 더 편리하기 때문이다. 길상민 객담

☞ 생각하며 행동하고, 행동하며 생각하라.
김상민 격담

☞ 사랑 속에도 미움이 있고, 미움 속에도 사랑이 있다. **김상민 격담**

☞ 사마천은 "어진 어머니에 몹쓸 자식"이라 하고, 서머싯 몸도 "자비로운 어머니를 둔 것보다 더 큰 불행은 없다."고 했듯이, 얼러 키운 자식 치고 효자·효녀 되는 놈 없다. **김상민 격담**

☞ 태산준령을 넘어보지 않고선 산악인들의 집념을 알 수 없고, 폭풍이 휘몰아치는 험한 파도를 헤쳐보지 않고선 마도로스들의 애환을 알 수 없듯이, 뼈아픈 역경을 겪어보지 않고선 진정한 삶의 보람을 느낄 수 없다. **김상민 격담**

☞ 공부가 인생의 전부가 아니라 절반이라
해도, 그 절반마저도 포기해선 안 된다.
김상민 객담

☞ 고집 센 노인 버릇 고칠 생각 말고, 문
단속 헤픈 여자 화냥기 고칠 생각 마라.
김상민 객담

☞ 적게 생각하고 많이 활동하는 동적인 사
람들이 있는가 하면, 많이 생각하고 적
게 행동하는 정적인 사람들도 있다.
김상민 객담

☞ 진심에서 우러나오는 칭찬도 있고 귀치
레로 하는 칭찬도 있으며, 아부형 칭찬
도 있는가 하면 비아냥거리는 칭찬도 있
으므로, 칭찬도 제대로 새겨들을 줄 알
아야 한다. **김상민 객담**

☞ 힘없는 정의는 힘이 있는 불의를 극복할 수 없다는 것이, 바로 인류 역사의 가장 큰 비극이다. 김상민 객담

☞ 자신의 행복을 남의 행복과 비교하지 마라. 남의 안경에다 내 눈을 맞추려는 어리석음과 다를 바 없느니라. 김상민 객담

☞ 지하도를 무허가 숙소로 사용하고 있는 노숙자나, 산골에서 독야청청(獨也靑靑)하는 자연인 치고, 왕년에 큰 사업 해 보지 않은 사람 없다. 김상민 객담

☞ 서양에는 '의학의 아버지'로 존경받는 히포크라테스가 있고, 중국에는 의성(醫聖)으로 추앙받는 편작·화타가 있다면, 해동조선에는 동의보감의 명의(名醫) 허준 선생이 있다. 김상민 객담

☞ 서 푼어치 노력에 한 냥짜리 행복은 없다. 김상민 객담

☞ 감기와 스트레스는 만병의 씨앗이 되고, 시기와 질투는 사랑의 무덤이 된다. 김상민 객담

☞ 정부 부처에 '여성부'는 있는데 왜 '남성부'는 없으며, 여권 신장론자들은 차고 넘쳐도 왜 남권 신장론자들은 없는지 묻고 싶다. 김상민 객담

☞ 유명 영화제의 그랑프리 작품이라고 해서 반드시 흥행에 성공하는 것도 아니요, 이름 있는 가요제의 대상(大賞) 작품이라고 해서 꼭 히트가 보장되는 것도 아니듯이, 예술성과 대중성이 반드시 일치하는 건 아니다. 김상민 객담

☞ 모든 이별이나 이혼의 가장 큰 이유는, 상대방을 인정해 주지 않는다는 데에 있음을 왜 모르고들 있을까? 김상민 객담

☞ 누구나 만취했을 때보다 격분했을 때의 판단능력이 훨씬 더 위태롭고 파괴적이 된다는 사실을 잊게 된다. 김상민 객담

☞ 대한민국 국회의원들에게 가장 잘 어울릴 것 같은 배지(Badge)로, 두 얼굴의 상징인 '야누스 상'을 간곡히 권하고 싶은 심정이다. 김상민 객담

☞ 자신이 구사할 수 있는 온갖 난해한 전문 용어들을 총동원하여, 유명 작품들을 무자비하게 난도질하길 좋아하는 평론가 선생들은, 왜 유명 작가가 되지 못했는지 정중히 묻고 싶다. 김상민 객담

☞ 슬퍼하는 사람에겐 함께 울어주는 것보다 더 좋은 위로는 없다. 길상민 객담

☞ 우연이나 요행을 바라는 사람에게 경리직을 맡기지 마라. 돈을 만지게 되면 틀림없이 경마장이나 카지노 출입이 잦아질 테니까. 길상민 객담

☞ 누구나 "10년만 젊었어도 운운"하며 때늦은 후회들을 하지만, 이미 10년 전에도 했던 푸념이요, 10년 후에도 똑같은 푸념을 하게 되리라. 길상민 객담

☞ 부유하면 겸손을 잃어 교만해지기 쉽고, 가난하면 옹졸하여 비굴해지기 쉽다. 따라서 부유하더라도 교만해지지 말고, 가난하더라도 비굴해지지 말아야 한다. 길상민 객담

☞ 실패에서 얻은 교훈은 재도전의 시금석
이 된다. 길상민 객담

☞ 희망은 성공의 초대장이요, 절망은 패배
의 구인장이다. 길상민 객담

☞ 공격은 수비를 뚫기 위한 작전이요, 수
비는 공격을 저지하기 위한 작전이다.
길상민 객담

☞ 범종 소리는 여운(殘響)이 길수록 좋지
만, 마누라의 잔소리는 짧을수록 좋다.
길상민 객담

☞ 부유한 자들이 여가선용을 위한 내기 골
프로 땀을 흘리고 있을 때에도, 가난한
서민들은 생계를 위한 중노동으로 피땀
을 흘려야 한다. 길상민 객담

☞ 해가 져야 달이 뜨고, 꽃이 져야 열매를 맺는다. **김상민 객담**

☞ "비올 줄 알면 어느 개잡년이 빨래질 간다냐?"(채만식 '태평천하')고 했듯이, 이혼할 줄 알고 결혼할 멍청이는 없다. **김상민 객담**

☞ 이상적인 민주사회에선 강력한 지배자보다, 중의(衆意)를 모아 원만한 합의점을 도출해 낼 줄 아는 합리적인 선도자(先導者)를 필요로 한다. **김상민 객담**

☞ 옛날엔 얼굴도 모른 채 결혼하고서도 아들딸 낳고 잘들 살아왔는데, 지금은 서로를 시운전까지 해 보고 사는데도 반품률은 계속 늘어가고 있으니, 조상 탓인가? 아니면 세월 탓인가? **김상민 객담**

☞ 마음 따라 몸도 늙고, 몸 따라 마음도 늙어간다. **길상민 객담**

☞ 밥숟갈은 약간 아쉬울 때 내려놓고, 술잔은 취하기 전에 내려놓아라.
길상민 객담

☞ 우리는 돈을 먹고 살 수 없듯이 사랑만으로도 살아갈 순 없다. 사랑도 있어야 하고 돈도 있어야 하지만, 무엇보다 중요한 것은 삶의 의지다. **길상민 객담**

☞ 주지육림 속에서 살아있는 사람에게 포락지형(炮烙之刑)을 일삼던 은나라 주왕 같은 폭군들이 있는가 하면, 죽은 사람의 영혼도 산 사람을 대하듯 지성껏 봉사(奉祀)하는 공자나 맹자 같은 성현들도 있다. **길상민 객담**

☞ 유머의 가장 큰 취약점은, 호응해 줄 상대가 있어야 한다는 점이다. 김상민 객담

☞ 아무리 어리석은 자라 할지라도 자신의 잘못을 변명·합리화하는 데에는 탁월한 재능들을 지니고 있다. 김상민 객담

☞ 자신의 얄팍한 지식을 뽐내길 좋아하는 것은, 난쟁이가 키 자랑하고 곰배팔이가 주먹 자랑하는 것과 같다. 김상민 객담

☞ 나 하나의 생명을 유지하기 위하여 일생 동안 얼마나 많은 물과 식량을 축내야 하고, 얼마나 죄 없는 생명들이 희생되어야 하며, 얼마나 많은 배설물과 생활 쓰레기로 지구에 몹쓸 해충 노릇을 하고 있는가를, 한 번쯤 헤아려들 보았는가? 김상민 객담

☞ 모든 생명의 근원은 음양 결합에서 비롯
되어 음양 분리에서 끝난다. 길상만 객담

☞ 무사할 땐 '무당'으로 홀대하고, 급할 땐
'신령님'이라며 목을 맨다. 길상만 객담

☞ 대부분의 유산 다툼이나 물질적인 분쟁
은, 빈곤에서보다 풍요로운 데서 비롯된
다. 길상만 객담

☞ 집 나간 애완견은 애타게 찾아다니면서
도, 정작 잃어버린 자기 자신을 찾을 줄
은 모르고들 산다. 길상만 객담

☞ 에디슨과 테슬라, 빌 게이츠와 스티브잡
스 같은 걸출한 두 라이벌 과학자들이
없었던들, 지금과 같은 문명사회는 꿈도
꾸지 못했으리라. 길상만 객담

☞ 능력은 노력의 결정체다. 김상민 객담

☞ 홀로 있을 때의 고독감보다, 군중 속의 고독이 훨씬 더 처절하다. 김상민 객담

☞ 사랑이 증오로 변하긴 쉽지만, 증오가 사랑으로 순화되긴 어렵다. 김상민 객담

☞ 평지보다 높이 솟은 땅을 '산(山)'이라기도 하고 '마운틴(Mountain)'이라고도 하며 '야마(やま)'라기도 한다. 넓고 길게 흐르는 물줄기를 '강(江)'이라기도 하고 '리버(River)'라고도 하며 '가와(かわ)'라고도 하나, 어느 강산도 그렇게 불러달라고 부탁한 적이 없다. '산'을 '강'이라 해도 '산'은 본래의 '산'이요, '강'을 '산'이라 해도 '강'은 본래의 '강' 그 자체일 뿐, 달라질 건 아무것도 없다. 김상민 객담

☞ 끓는 밥 족치지 마라. 선 밥 먹기 싫거든. 김상민 객담

☞ 높이 올라갈수록 하늘은 가까워지지만 바다는 멀어진다. 김상민 객담

☞ 무덤 속은 영원한 안식처다. 그러나 결코 가고 싶지 않은 안식처다. 김상민 객담

☞ 유식하다고 해서 다 군자가 되는 것도 아니듯이, 무식하다고 해서 다 바보가 되는 건 아니다. 김상민 객담

☞ "재즈는 많은 사람들에게 즐거움을 주는 것이지 예술이 아니다."(루이 암스트롱)라고 했듯이, 대중예술의 진가는 심오한 예술성보다 많은 사람들이 함께 즐길 수 있는 가벼운 오락성에 있다. 김상민 객담

☞ 초상집 머슴이 어찌 좋은 일 궂은일을 가리며, 불난 집 소방수가 어찌 물불을 가리랴. 길상민 객담

☞ 엄마의 눈에는 천재 아닌 내 자식 없어 보이고, 아빠의 눈에는 못 생긴 남의 마누라 없어 보인다. 길상민 객담

☞ 울지 마라, 웃고 살기에도 너무 짧은 세월이다. 미워하지 마라, 사랑하며 살기에도 턱 없이 모자란 세월이 아니던가? 길상민 객담

☞ 올라갈 때 보고(See) 내려올 때 보았다(Saw)는 '시소(Seesaw)'도 평형 유지가 쉽지 않거늘, 선과 악을 초월한 중용의 평정심을 잃지 않는다는 것이 어찌 쉬운 일이라 하겠는가? 길상민 객담

☞ 영원한 기쁨도 없고, 끝나지 않는 슬픔도 없다. 김상민 객담

☞ 사랑은 삼각관계가 되었을 때 더욱 열정적이 된다. 김상민 객담

☞ 꽉 찬 행복감보다 약간 모자란 듯한 행복에 만족해하라. 김상민 객담

☞ 부자는 가난한 친척들을 좋아하지 않고, 간신들은 현명한 군주를 좋아하지 않는다. 김상민 객담

☞ 콩 볶듯이 숨 가쁘게 몰아치는 로큰롤이나 헤비메탈보다, 폭풍 전야의 긴장감을 지나 숨 멎을 듯 흐느끼는 거문고나 아쟁의 절규가 더욱 가슴을 죄게 하니, 정녕 우리 것이기 때문만일까? 김상민 객담

☞ 아무리 못생긴 여자라도 수줍음을 잃은 여자보다는 낫다. 김상민 객담

☞ 허전한 마음속은 한 잔 술로 달래되, 허기진 머릿속은 독서로 채워라.
김상민 객담

☞ '죽었다'는 말은 회생불능을 뜻하지만, '돌아가셨다'는 말은 다시 돌아오시길 바라는 염원이 함축된 말이 아닐까?
김상민 객담

☞ 피었다 지는 꽃을 보면 삼라만상 영고성쇠의 무상함을 느끼면서도, 낙엽 되어 흩날리는 단풍잎을 보면 책갈피 속에 고이 접어 추억으로 간직하고 싶은 마음은, 다만 소녀적인 값싼 센티멘털리즘 때문만일까? 김상민 객담

☞ 입으로는 '신의 뜻대로 하소서'

　속으로는 '나의 뜻대로 되소서'

길상민 객담

☞ 어제는 어제로서 끝났다. 오늘은 내일을

　향한 오늘로서 다시 시작하라.

길상민 객담

☞ 겸양이나 겸손이 군자의 큰 덕목임엔 틀

　림없으나, 교만을 은폐하기 위한 경양이

　나 겸손처럼 역겨운 위선도 없다.

길상민 객담

☞ 마태복음에 "부모나 아들딸들을 하나님

　보다 더 사랑하는 사람들은 교인이 될

　수 없다."고 했으니, 자식 죽이는 부모

　나 늙은 부모 내 쫓는 몹쓸 인간들이나

　교인이 돼야 한다는 말일까? **길상민 객담**

☞ 세상에 '사랑'보다 더 훌륭한 철학이나 사상은 없다. 길상민 객담

☞ 시간을 아껴 쓰라. 그대는 세월이 가는 소리가 들리지 않는가? 길상민 객담

☞ 불굴의 정신력과 강인한 인내력은, 성공을 위한 가장 소중한 자산이 된다.
길상민 객담

☞ 탐스럽게 내리는 함박눈을 보고도 질퍽거릴 도로 사정을 염려한다는 건 이미 늦었다는 증거다. 길상민 객담

☞ 삼라만상이 혹독한 겨울을 참고 견디는 것은, 머잖아 만물이 소생하는 화창한 봄이 온다는 희망이 있기 때문이다.
길상민 객담

☞ 자존심이란 콤플렉스의 변형된 표현일 뿐이다. 길상민 객담

☞ 자만심이 강하고 이기적인 사람들은, 자기 자신을 너무 과대평가하고 있다는 사실을 모르고 있다. 길상민 객담

☞ 위아래를 알아보고, 할 말 아니할 말을 가려 쓰며, 앉을 자리와 누울 자리를 구분하고, 나설 때와 물러설 때를 알아서 언행을 삼간다면 가히 '군자'라 할 만하지 않겠는가? 길상민 객담

☞ 미친개가 호랑이를 잡는다고 했듯이, 이 세상은 미친 사람들에 의하여 발전한다. 만약 그들이 아니었던들, 누가 감히 쇳덩어리를 하늘에 날리고 물에다 띄울 생각을 할 수 있었겠는가? 길상민 객담

☞ 실패를 거듭하다 보면 실패하지 않는 비법을 터득하게 된다. 김상민 객담

☞ 유머는, 삭막한 분위기를 산뜻하게 정화시켜 주는 공기청량제다. 김상민 객담

☞ 잘생기고 찡그린 얼굴보다, 못생겨도 웃는 얼굴이 훨씬 더 정겹다. 김상민 객담

☞ 만병의 근원이 되는 스트레스 해소법은, 심한 충격도 부드럽게 흡수 완화시켜버리는 스펀지의 유연성에서 배워야 한다. 김상민 객담

☞ 아름다운 이별? 사랑하니까 헤어진다? 꽤나 시적인 표현이긴 하나, 아마 어느 고독한 낭만파 시인이 취중에 중얼거려 본 넋두리가 아니었을까? 김상민 객담

☞ 벼락부자가 벼락거지 되는 데에는 그리
오랜 세월이 필요치 않다. 김상민 객담

☞ 초보자(Beginner) 과정을 거치지 않은
전문가(Specialist)는 없다. 김상민 객담

☞ 누군가의 일거수일투족을 보면 그의 과
거는 물론, 그의 미래까지 엿볼 수 있다.
김상민 객담

☞ 크리스천들은, 반만년 유구한 역사에 한
민족의 구심체 역할을 해온 단군신화는
한사코 부정하면서도, 빵 다섯 개에 물
고기 두 마리(五餠二魚)로 오천 명을 배
불리 먹이고 폭풍을 잠재웠음은 물론,
앉은뱅이를 일으켜 세우고 죽은 사람까
지 살렸다는 예수님의 숱한 기적들은 철
석같이 믿고들 있다. 김상민 객담

☞ 가난하다고 해서 비난받을 이유가 없듯
이, 부자라고 해서 지탄받아야 할 이유
도 없다. 다만, 축재(蓄財)의 방법이 문
제가 되긴 하지만. **길상민 객담**

☞ 징용된 중대(中隊) 전력보다 지원병으로
구성된 소대(小隊) 전력이 훨씬 더 막강
한 이유는, 강제성이 배제된 자의에 의
한 구성원들이기 때문이다. **길상민 객담**

☞ 미국의 아이젠하워 대통령은 육사 시절
에 수차 퇴학 위기를 맞았으며, 수학의
천재 아인슈타인은 취리히 연방 공대 입
시에 낙방했는가 하면, 백신 접종을 일
반화시킨 세기의 천재 파스퇴르 역시 파
리대학 입시에 낙방했다고 하니, 전국의
재수생들이여, 낙심하지 말고 Fighting!
아니 Cheer up ! **길상민 객담**

☞ 유능한 예술가는 평론가들의 독설에 귀
를 기울이지 않는다. 김상민 객담

☞ 폭군은 권력으로 백성들을 제압하지만,
성군(聖君)은 덕으로 백성들을 감화시킨
다. 김상민 객담

☞ 만약 대한민국의 국회의원을 비롯한 고
위 공직자들을 몽땅 인사청문회에 내세
운다면, 과연 몇 명이나 살아남을까?
김상민 객담

☞ 세계적인 대기업 총수 신분에서 도망자
신세로 전락해 버린 김우중의 인생무상
이 있는가 하면, 휴대전화 판매원에서
일약 세계적인 오페라 가수로 각광받는
폴 포츠의 드라마틱한 인생역전도 있다.
김상민 객담

☞ 마누라란, 있으면 지겹고 없으면 아쉬운 사람. 김상민 객담

☞ 유능한 평론가가 되느니보다 차라리 서투른 작가가 되라. 김상민 객담

☞ 남이 신고 있는 구두의 불편함을 당사자 외엔 아무도 모른다. 김상민 객담

☞ 아무도 내게 가까이 다가오지 않는다는 것은, 내가 아무에게도 다가가지 않았다는 얘기가 된다. 김상민 객담

☞ 콩알이 작다는 편협된 생각을 버려라. 좁쌀에 비하면 태산 같은 크기가 아니던가? 그렇다고 해서 콩알이 크다는 편견에서도 벗어나야 한다. 사과에 비하면 조족지혈이 되기 때문이다. 김상민 객담

☞ 가장 필요한 사람이 가장 소중한 사람이
다. 김상민 객담

☞ 남에게 인정받으려면 남을 먼저 인정해
줘야 한다. 김상민 객담

☞ 열 사람의 이론가들보다 한 사람의 행동
파가 소중하다. 김상민 객담

☞ 막내딸 시집보낸 집에 도둑맞을 것 없
고, 부모 유산 많은 집에 의초 좋은 형제
드물다. 김상민 객담

☞ 상갓집 상주의 곡소리도 곡비(哭婢)로
대행할 수 있고, 영화 주인공의 위험한
연기도 스턴트맨이 대역할 수 있지만,
내 인생 내 삶은 누구도 대신해 줄 수가
없다는 사실을 명심하라. 김상민 객담

☞ 사고방식을 바꾸면 운명도 바뀐다.
김상민 객담

☞ 퇴근 시간만 기다리는 직원은 절대로 임원이 될 자격이 없다. 김상민 객담

☞ 여자들에게 '늙어 보인다'는 말보다 더 잔인하고 치명적인 악담은 없다.
김상민 객담

☞ 한 번도 누구를 사랑해보지 않았거나, 프러포즈를 받아본 적이 업는 젊은이들에게 신의 가호가 있을진저. 김상민 객담

☞ 죄를 지은 사람은 무인도에서도 새우잠을 자야 하지만, 죄 없는 사람은 검찰청 구치소에서도 다리 뻗고 잠들 수 있다.
김상민 객담

☞ 집안에 든 도둑보다 마음속에 든 도둑부터 먼저 몰아내야 한다. 김상민 객담

☞ 이래도 하느님 뜻이요 저래도 하느님 뜻이라면 기도는 왜 할까? 김상민 객담

☞ 질문하고 배우길 좋아하는 사람 치고 절대로 무식한 사람은 없다. 김상민 객담

☞ 만약 단번에 술과 여자를 없애버린다면 - 세상이 약간 삭막해지긴 하겠지만 - 각종 범죄율이 대폭 줄어들 것이라는 사실은 의심할 여지가 없다. 김상민 객담

☞ 저조한 출산율 문제는, 철로 변에 다세대 주택을 대량 신축하여 가임 부부들에게 무상임대해 주면, 수년 내로 원만히 해결될 것으로 확신한다. 김상민 객담

☞ 그대의 두둑한 지갑이 홀쭉해질 때까진 결코 외롭진 않으리라. 김상민 객담

☞ 나도 처음부터 늙었던 건 아니다. 한때는 청소년 시절도 있었으니까. 김상민 객담

☞ 서양인들은 계절에 상관없이 날씨 따라 옷을 입지만, 한국인들은 날씨 불문하고 철 따라 옷을 입는다. 김상민 객담

☞ 도요토미 히데요시(豐臣秀吉)는 임진왜란(壬辰倭亂)을 일으켜 조선 땅을 노략질하고, 아베 신조(安倍晋三)는 일본군 위안부를 자의적인 매춘으로 매도하며, 독도를 자기네 땅이라고 우기고 있는데도 세월은 말이 없으니, 역사는 항상 정의의 편만은 아닌 듯싶다. 김상민 객담

☞ 분수에 넘치는 행운을 잡게 되면, 언젠가는 뜻밖의 재앙이 따른다는 사실을 잊지 말아야 한다. 김상민 객담

☞ "학문적 표현은, 옳은 것뿐만 아니라 틀린 것도 보호되어야 한다."는 것이 우리 재판부의 판결문 내용이다. 김상민 객담

☞ 설사, 만에 하나 독도가 일본 땅이었다손 치더라도, 나는 결단코 우리 땅이라고 주장할 것이다. 나도 틀림없는 단군의 자손이니까. 김상민 객담

☞ 철부지 학생들이 무심코 끄적거린 낙서나 싸구려 선술집 낙서판에서, 어떤 유명한 철학자가 남긴 명언보다 훌륭한 글귀를 만나게 될 땐, 선뜻 반가운 마음이 앞서게 된다. 김상민 객담

☞ 후회해도 소용이 없기에 더욱 후회하고, 울어도 소용이 없기에 더욱 슬피 울게 된다. 길상민 객담

☞ 호랑이는 가죽 때문에 죽게 되고, 코끼리는 상아(象牙) 때문에 목숨을 잃게 되며, 곰은 쓸개 때문에 배를 갈리게 된다. 길상민 객담

☞ 좋은 악기는 훌륭한 연주자를 만나야 하고, 훌륭한 연주자 역시 좋은 악기를 만나야 비로소 아름다운 멜로디를 창조해 낼 수 있다. 길상민 객담

☞ 우리들 가슴에는 이웃의 불행을 외면하지 못하는 따사로운 정이 있는가 하면, 남이 잘되는 꼴을 못 보는 시기심 또한 내면 깊숙이 간직하고 있다. 길상민 객담

☞ 돈 풍년 자식 흉년, 자식 풍년 돈 흉년.
길상민 객담

☞ 두통 치통 다 견뎌도 가려운 것 견뎌낼 장사는 없다. 길상민 객담

☞ 모험과 도전정신 없이 인류 역사의 발전을 기대하긴 어렵다. 길상민 객담

☞ 모국어를 제대로 모르고선 절대로 수준 높은 외국어를 구사할 순 없다.
길상민 객담

☞ 이미 누(Base)에 진출한 주자는 다음 타자가 안타를 칠 때까지 정착해 있는 것이 가장 안전하다. 그러나 위험을 무릅쓰고라도 도루를 감행하는 것이 바로 야구의 묘미라 할 수 있다. 길상민 객담

☞ 원하지 않는 꿈은 이루어지지 않는다.
김상민 객담

☞ 여자들의 거짓말과 눈물은 신께서 내려
주신 최상의 무기요 방패다. **김상민 객담**

☞ 우리는 남의 성공담에서보다 실패담에
서 더 많은 것을 배우게 된다. **김상민 객담**

☞ 부유하다고 해서 반드시 행복한 게 아니
듯이, 가난하다고 해서 반드시 불행한
것도 아니다. **김상민 객담**

☞ 여자를 마녀라고 폄훼하는 것도 실수요,
천사라고 예찬하는 것 또한 잘못이다.
왜냐하면 천사인가 하면 마녀 같고, 마
녀인가 하면 천사 같기도 하기 때문이
다. **김상민 객담**

☞ 남자는 현실적인 사랑을 꿈꾸고, 여자는 이상적인 사랑을 꿈꾼다. 김상민 객담

☞ 남녀 간의 사랑은 오뉴월 음식처럼 변하기 쉬우므로, 잘 간수하는 게 상책이다. 김상민 객담

☞ 무엇이든 아낌없이 주고 싶은 사람에게라도, 절대로 할애해 줄 수 없는 것이 바로 시간이다. 김상민 객담

☞ 인간은 미완성품이다. 대인관계에선 물론, 가족끼리라도 서로 너무 많은 것을 기대하지 않는 것이 좋다. 김상민 객담

☞ 나는 자랑스럽게 살지는 못했을지라도, 부끄럽지 않게 살려고 노력했다고는 내 이름을 걸고 자부할 수 있다. 김상민 객담

☞ 삶이란 한마디로 숨을 쉬는 것이다.
길상민 객담

☞ 배움을 부끄러워하면 무식을 면할 길이
없다. 길상민 객담

☞ 성공의 비결은, 실패한 자들의 전철을
밟지 않는 데에 있다. 길상민 객담

☞ 까막까치가 길조냐 흉조냐의 논란은 순
전히 인간들의 일방적인 편견일 뿐, 그
들의 실존가치와는 전혀 무관하다.
길상민 객담

☞ 물질적인 풍요에 정신적인 안락까지 누
릴 수 있다면 더할 나위 없겠으나, 양자
택일하라면 나는 서슴없이 정신적인 안
락을 택하리라. 길상민 객담

☞ 잘못 배운 지식이 세상을 어지럽힌다.
길상민 객담

☞ 악서(惡書)나 잘못된 사상은 이성(理性)을 마비시키는 독약과 같다. **길상민 객담**

☞ 아직 목사 천당 가는 것 본 사람 없고, 스님 극락 갔다는 소리 들어본 사람 없다. **길상민 객담**

☞ 사별한 남녀끼리 재혼을 하려면, 정신적으로 네 사람이 함께 살 각오를 해야 한다. **길상민 객담**

☞ 어리석은 자가 어리석은 줄 모르는 것도 병폐려니와, 어리석은 자가 현명하다고 착각하고 있는 건 더 큰 병폐라 할 수 있다. **길상민 객담**

☞ 부부생활이란 2인 삼각 경기와 같다.
김상민 객담

☞ 인간은 직립 동물이지 독립 동물이 아니다. 김상민 객담

☞ 오늘은 어제의 미래요 오늘의 현재이며 내일의 과거다. 김상민 객담

☞ 왼손의 상처는 오른손으로 어루만져야 하고, 오른손의 상처는 왼손으로 어루만져야 한다. 김상민 객담

☞ 견공들이 주인 가족의 빈부귀천에 아무런 조건 없이 충성을 다하는데도, 걸핏하면 '개새끼'라며 허리를 걷어채는 개 같은 경우를 볼 땐 '개팔자'란 말도 빈말이 아닌가 싶어 안쓰럽다. 김상민 객담

☞ 현재는 과거의 결정판이요 미래의 전초
전이다. 김상민 객담

☞ 연인들뿐만 아니라 꿈꾸고 있는 사람들
은 누구나 시인이 될 수 있다. 김상민 객담

☞ 강아지를 목욕시켜 보라. 비눗물 맛이
어떤지를 제대로 알게 될 테니까.
김상민 객담

☞ 가장 상대하기 곤란한 사람은, 귀를 막
고 입만 놀리는 사람들이다. 김상민 객담

☞ 매미가 산란된 지 7년 만에 성충이 되어
한 달도 채 못 살고 죽는 것에 비하면,
열 달 만에 태어나 백여 년을 살다 가는
인생살이를 어찌 짧다고만 하겠는가?
김상민 객담

☞ 동냥아치도 얻어먹고 살 만한 배짱과 철학이 있어야 한다. 길상민 객담

☞ 지금까진 젊어보았으나, 고희(古稀)를 훌쩍 넘겼으니 이제부턴 나도 좀 늙어볼 생각이다. 길상민 객담

☞ 누구나 모든 일이 성공하길 바라지만, 세상엔 절대 성공해선 안 될 일도 있다. 바로 '자살 기도'인데, 시도했다가 다행히 실패하면 살게 되지만, 불행히도 성공하면 죽게 되기 때문이다. 길상민 객담

☞ 사이러스는, "술잔에 빠져 죽은 자가 물에 빠져 죽는 자보다 훨씬 많다."고 했지만, 담배 연기에 죽는 사람도 전쟁터의 화약 연기로 죽는 사람보다 훨씬 더 많다는 건 주지의 사실이다. 길상민 객담

☞ 세월은 젊음을 앗아가는 불청객이다.
김상민 객담

☞ 실패한다는 잘못보다 좌절한다는 잘못
이 더욱 크다. 김상민 객담

☞ 격투기 선수는 허가받은 폭력배요, 사형
집행인은 면허증 소지한 살인자다.
김상민 객담

☞ 정의로운 삶을 논하는 건 누구나 할 수
있지만, 정의롭게 산다는 건 누구나 쉽
게 할 수 있는 일이 아니다. 김상민 객담

☞ 아무리 용의주도하고 현명한 사람일지
라도, '내가 왜 그런 바보 같은 짓을 했
을까?' 하고 후회해 보지 않은 사람은
없으리라. 김상민 객담

☞ 나태한 천재보다 부지런한 둔재가 낫다.

김상민 객담

☞ 이혼을 하지 않는 최선의 방법은 아예 결혼을 하지 않는 것이다. **김상민 객담**

☞ 아무도 모르는 부끄러운 과거를 솔직히 고백할 수 있는 용기보다 더 큰 용기는 없다. **김상민 객담**

☞ 만고 열녀 청상과부도 단 한 번의 실절 (失節)로, 평생을 수절한 인고의 세월까지 물거품이 되고 만다. **김상민 객담**

☞ 책으로 가득 찬 서재를 가진 사람이라고 해서 반드시 해박하리라고 단언할 순 없 겠지만, 책 한 권 없는 사람이 유식할 리 가 없다는 것만은 분명하다. **김상민 객담**

☞ 옳은 길을 가려면 우선 잘못된 길에서부터 벗어나야 한다. 김상민 객담

☞ 한순간의 선택에 일생을 걸어야 하는 것이 맞선보는 남녀들의 운명이다.
김상민 객담

☞ 축구나 하키와는 달리, '인생'이라는 게임에는 로스타임이 허용되지 않는다.
김상민 객담

☞ 같은 부슬비인데도 부지런한 사람들은 일하기 좋다 하고, 게으른 사람들은 낮잠 자기 좋다고 생각한다. 김상민 객담

☞ 여자들은 '똑똑하다'거나 '착하다'는 칭찬보다, '예쁘다'거나 '젊어 보인다'는 말을 훨씬 더 듣고 싶어한다. 김상민 객담

☞ 완전한 자유를 누리려면 무법천지가 되어야 한다. 길상민 객담

☞ 세상에서 가장 가난한 사람은 바로 꿈이 없는 사람들이다. 길상민 객담

☞ 채근담을 지은 홍자성은 "일이 뜻대로 되지 않을 땐 나보다 못한 사람을 생각하라."고 했으나, 타인의 불행을 자위의 수단으로 삼는다는 건 결코 군자가 취할 도리가 아니다. 길상민 객담

☞ 13년 동안 영문도 모른 채 개처럼 끌려다닌 '25시'의 주인공 요한 모리츠 같은 기구한 운명이 있는가 하면, 두메산골의 이름 없는 천민에서 고구려 평원왕의 사위(부마도위)까지 된 온달장군 같은 극적인 인생 드라마도 있다. 길상민 객담

☞ 아름다운 여인은, 남편의 마음을 즐겁게 하는 것보다 외간 남자들의 눈을 더 즐겁게 해 주기 일쑤다. 길상면 객담

☞ 제비 한 마리 날아왔다고 해서 갑자기 봄이 되는 건 아니다. 다만, 겨울에 날아오는 제비가 없다는 것만은 분명하다. 길상면 객담

☞ 소설가란, 거짓[虛構]을 사실[實在]인 것처럼 미사여구로 포장하여 독자들을 현혹하는 거짓말 면허증 소지자들이다. 길상면 객담

☞ 바둑을 '신선놀음(爛柯 / 橘中之樂)'이라고들 하나, 판때기에 금 그어 놓고 공깃돌로 집짓기 내기하는 소꿉놀이에 불과하다. 길상면 객담

☞ 마음의 상처에 세월보다 더 훌륭한 처방 전은 없다. 길상민 객담

☞ 다소의 차이는 있을지언정, 과대망상증 없는 예술인은 없다. 길상민 객담

☞ 퇴근하는 남편의 발길이 무거운 가정은, 이미 적색경보가 발령된 상태로 봐도 좋 다. 길상민 객담

☞ '사업수완'이란, 남의 주머니에 있는 돈 을 합법적으로 끌어낼 수 있는 재능을 달리 이르는 말이다. 길상민 객담

☞ 돈을 쓸 줄만 알고 벌 줄을 모르는 사람 이나, 벌 줄만 알고 쓸 줄을 모르는 사람 들은, 제대로 사람 사는 법을 모르고 사 는 사람들이다. 길상민 객담

☞ 이겨도 그만 져도 그만인 승부라면, 이
미 진 게임이라고 봐도 좋다. 김상민 객담

☞ 여자(남자)를 울리는 것도 남자(여자)요,
여자(남자)를 즐겁게 해 주는 것도 남자
(여자)이니라. 김상민 객담

☞ 약치(藥治)보다 의치(醫治)를, 의치보다
식치(食治)를 중시하지만, 그보다 더 중
요한 것은 바로 심치(心治)라 할 수 있
다. 김상민 객담

☞ 눈과 입을 자유롭게 여닫게 해 놓은 이
유는, 할 말 아니할 말을 가려서 하고 볼
것과 보지 말아야 할 것을 가려서 보라
는 뜻이요, 두 귀를 활짝 뚫어 놓은 이유
는 항상 남의 말을 귀담아 많이 들으라
는 뜻에서다. 김상민 객담

☞ 뒤따라오던 그림자도 내가 돌아서면 그림자가 앞서게 된다. 길상민 객담

☞ 논어에도 '삼인동행 필유아사(三人同行 必有我師)'라고 했듯이, 지혜로운 사람은 무식한 사람에게서도 배울 점을 찾는다. 길상민 객담

☞ 남의 빚보증 서는 자식은 낳지도 말라고 하면서도, 자신의 빚보증 거절하는 사람에겐 '두고 보자'는 식의 앙심을 품는 게 인간들의 속성이다. 길상민 객담

☞ 중상모략은 총칼보다 무섭다. 총칼은 눈앞에 보이는 사람만을 해칠 수 있지만, 중상모략은 원격조정만으로 대량살상을 할 수 있는 최첨단 무기로도 사용될 수 있기 때문이다. 길상민 객담

☞ 지는 해를 탓하지 말고, 뜨는 달을 바라
보라. 길상민 객담

☞ 불교의 1700 화두(公案) 중에서도 '나'
보다 더 소중한 화두는 없다. 길상민 객담

☞ 뜻하지 않은 불행이 닥쳤을 땐 누구나
"왜 하필 내게"라고 탄식하면서도, 뜻밖
의 행운이 닥쳤을 땐 "왜 하필 내게만
이런 행운을" 하며 겸손해하는 사람은
아무도 없다. 길상민 객담

☞ 말더듬이라고 해서 의기소침해할 것 없
다. 전국시대에 법가사상을 집대성한 한
비자도 지독한 말더듬이었으며, 상대성
이론을 확립한 세기의 물리학자 아인슈
타인 역시 그의 명석한 두뇌만큼이나 유
명한 눌변가였으니까. 길상민 객담

☞ 죽지 않고 살아가는 이유는 죽어봤자 별 볼일이 없기 때문이다. **김상민 객담**

☞ 치정 관련 범죄자들은 이성(異性)이 떠나면 이성(理性)도 떠나는 사람들이다. **김상민 객담**

☞ 한 가지 욕심을 채우고 나면 또 다른 욕심이 생기는 것이 인간들의 끝없는 탐욕심이다. **김상민 객담**

☞ 영어의 'Sliding Door'는 단순히 '미끄러지는 문'이라는 뜻만 있고, 일본어의 '히키도(引き戸)' 역시 그냥 '당기는 문'이라는 뜻만 있을 뿐, 우리말 '여닫이(문)'나 '미닫이(문)'처럼 열(밀)기도 하고 닫기도 한다는 양방향 기능성 문을 뜻하는 복합어는 없다. **김상민 객담**

☞ "나는 절대로 거짓말을 하지 않는다."

(거짓말대회의 최우수작)

길상민 객담

☞ 꽃향기를 맡으려면 꽃씨를 뿌려야 하고, 새 소리를 들으려면 나무를 심어야 한다. **길상민 객담**

☞ 고량진미에 소화제 먹는 부자는 있어도, 남이 먹다 남은 밥만 먹고 살아도 배탈 나는 거지는 없다. **길상민 객담**

☞ 월나라의 절세가인이자 '미인계'의 효시인 서시(西施)의 미모는 오왕 부차를 멸망시킨 망국지색이 되었으나, 월왕 구천에게는 천추의 한을 풀어준 구국 열사이니, 그녀는 과연 나라를 망친 마녀인가 아니면 순국의 천사인가? **길상민 객담**

☞ "얘들아, 애꾸눈을 조심해야 한다."

(새총 맞은 참새의 유언)

길상민 객담

☞ 세상은 누구를 가저본 적이 없으니 버린 적도 없는데. 세상이 왜 그대를 버렸다고 생각하는가? **길상민 객담**

☞ 제갈량이 붓으로는 위(魏)의 조진과 오의 주유를 죽이고(筆殺), 입(口辯)으로는 위(魏)의 왕랑까지 죽였으니(言殺), 혀끝과 붓끝을 조심하라. **길상민 객담**

☞ 두멧골에 사는 사람들은 산의 고마움을 알고, 바닷가에 사는 사람들도 바다의 고마움을 알지만, 빌딩 숲 속에 사는 사람들은 대지(大地)의 고마움을 잊고 사는 게 아니라 모르고들 산다. **길상민 객담**

☞ 대답소리는 부르는 소리의 크기에 비례
한다. 김상민 객담

☞ 우리들에게도 세금 낼 기회를 달라.
(전백련 회원 일동) ※ 전국 백수 연합회
김상민 객담

☞ 격투기 선수들은 맞을 짓만 하고, 무당
박수들은 빌어먹을 짓만 하는 사람들이
다. 김상민 객담

☞ 과것길 떠나는 선비가 어찌 해와 달을
가리며, 임 찾아 가는 길에 어찌 눈·비
를 가리랴. 김상민 객담

☞ 부모형제는 설령 원수가 된다 해도 부모
형제일 수밖에 없지만, 부부란 돌아서면
철천지원수가 되고 만다. 김상민 객담

☞ 백 년 묵은 산삼도 몰라보면 잡초로 썩 게 된다. 김상민 객담

☞ 밉게 보아 곱게 보이는 데 없고, 곱게 보아 밉게 보이는 데 없다. 김상민 객담

☞ 남녀 비율을 반반으로 배분한 것도 신의 위대한 은총이 아닐 수 없다. 김상민 객담

☞ 부유한 사람이 음식을 잘 먹으면 식복이 있어 잘산다 하고, 궁색한 사람이 잘 먹으면 먹어서 거덜 낸다고 손가락질한다. 김상민 객담

☞ 포도주는 나이가 많을수록 명품이 되고, 도자기는 세월이 흐를수록 골동품이 되지만, 사람은 늙을수록 천덕꾸러기가 되어 청승만 늘게 된다. 김상민 객담

☞ 앉은뱅이는 절름발이를 선망하고, 장
  님은 애꾸를 부러워한다. 김상민 객담

☞ 글에는 문법이 있고, 말에는 어법이 있
  으며, 행동거지에는 예법이 있다.
  김상민 객담

☞ 재단사가 자기 입자고 마름질하는 것도
  아니요, 요리사가 자기 먹자고 요리하는
  것도 아니다. 김상민 객담

☞ 꽃의 아름다움은 벌 나비를 유혹하기 위
  함이지, 결코 인간들의 눈을 즐겁게 하
  기 위함이 아니다. 김상민 객담

☞ 뱁새가 눈이 작다고 해도 저 먹을 것은
  다 찾아 먹고, 소갈머리 없는 밴댕이도
  저 할 짓은 다 하고 산다. 김상민 객담

☞ 역경(逆境)을 거치지 않은 순경(順境)은 없다. 길상민 객담

☞ 유머(해학)에 둔감한 사람은, 고추장 빠진 비빔밥과 같다. 길상민 객담

☞ 물에 빠진 놈은 건질 수 있어도 주색잡기에 빠진 놈은 건질 수 없다.
길상민 객담

☞ 어리석은 질문은 바보도 할 수 있지만, 현명한 대답은 천재도 하기 어렵다.
길상민 객담

☞ 백수(百獸)의 제왕인 사자도 초원을 떠나면 살쾡이만도 못하고, 대양을 주름잡는 고래도 바다를 떠나면 지렁이만도 못하다. 길상민 객담

☞ 지옥도 현세(現世)요, 극락도 현세다.
길상민 객담

☞ 죄는 이 도령이 짓고, 벌은 방자가 받는
다. 길상민 객담

☞ 봄이 되면 눈이 즐겁고, 겨울이 되면 입
이 즐겁다. 길상민 객담

☞ 굴욕적인 삶보다는 차라리 명예로운 죽
음을 택하라. 길상민 객담

☞ 하느님 믿는다고 천당 가며, 부처님 믿
는다고 극락 가랴. 길상민 객담

☞ 마누라 두고 속상해 보지 않은 남편 없
고, 자식 두고 울어 보지 않은 아비 없
다. 길상민 객담

☞ 차포 뗀 장기도 이길 수가 있다.
김상민 객담

☞ 악한 사람의 친구가 되느니보다, 차라리 착한 사람의 원수가 되는 편이 낫다.
김상민 객담

☞ 범죄학 측면에서 볼 땐, 하느님께서 여자를 만드신 게 큰 실수였음이 분명하다. **김상민 객담**

☞ 참을 수 없는 모욕이나 유혹을 참을 수 있는 사람이라면, 가히 군자라 할 만하지 않겠는가? **김상민 객담**

☞ 세상 사람들이 항상 천둥 번개 칠 때의 마음가짐 정도만 가져 준다면, 한결 평화로운 세상이 될 텐데. **김상민 객담**

☞ 부모 없는 효자 없고, 남편 없는 열녀 없다. 김상민 객담

☞ 사약(死藥)도 쓰기에 따라 생약(生藥)이 되고, 생약도 쓰기에 따라 사약이 되기도 한다. 김상민 객담

☞ 몸 떠나면 정도 멀어진다지만, 어머니에 대한 모정(慕情)은 멀리 떠나 있을수록 더욱 그리워진다. 김상민 객담

☞ 독화살 맞은 관우의 팔을 마취도 없이 치료한 천하 명의 화타도, 운장의 자만심만은 고칠 수 없었다. 김상민 객담

☞ 많이 알면서도 조금 행하면 어찌 지혜롭다 할 것이며, 조금 알고도 많이 행하면 어찌 무지하다 하겠는가? 김상민 객담

☞ 화끈하게 살고 싶거든 너끈하게 노력하라. 김상민 객담

☞ 뱀처럼 지혜롭게 생각하고, 사자처럼 민첩하게 행동하라. 김상민 객담

☞ 가장 보람 있게 쓰는 돈은 불우이웃을 위하여 쓰는 돈이다. 김상민 객담

☞ 남의 자식은 미워도 고운 척해야 하지만, 자기 자식은 고와도 미운 척해야 한다. 김상민 객담

☞ 말이 많으면 수다스럽다고 손가락질하고, 말이 적으면 답답하다고 비난하며, 말이 없으면 속을 모르겠다며 비아냥거리는 세상이라, 이래저래 말 많은 세상 말썽 없이 살 수는 없을까? 김상민 객담

☞ 망각은 가장 훌륭한 용서의 지름길이다.
김상민 객담

☞ 하늘을 두고 맹세할 게 아니라 사람을
두고 맹세하라. **김상민 객담**

☞ 어제 했던 잘못을 오늘 후회하면서도,
내일 또 후회할 일을 오늘도 반복하는
것이 미련한 인간들의 고질적인 타성이
다. **김상민 객담**

☞ 중국 전국시대의 유세가이자 전횡·합종
책의 주인공 장의·소진은 화려한 변설
로 일세를 풍미했는가 하면, 남북조 시
대의 달마대사는 9년 간의 묵언과 면벽
수행으로 선종의 창시자가 되었으니, 장
의·소진의 달변은 물론 달마대사의 묵
언 또한 중하지 아니한가? **김상민 객담**

☞ 이혼 부부의 원수는 중매쟁이요, 공처가 (恐妻家)의 구세주는 자녀들이다.

길상민 객담

☞ 자신이 무지하다는 사실을 깨닫는 것이 우선 무식을 면하는 지름길이 된다.

길상민 객담

☞ 병든 몸은 약으로 추슬러야 하지만, 부실한 머릿속은 책으로 다스려야 한다.

길상민 객담

☞ 거지들은, 지위 고하 남녀노소를 막론하고 전 인류를 납세 대상자로 설정해 놓은 무허가 세금 징수원들이다. 다만 특기할 만한 것은, 강제 징수 방법을 지양하고, 철저하게 자진납부 형식을 고수 (固守)하고 있다는 점이다. **길상민 객담**

☞ '별거'란, 별것도 아닌 것을 거절하다가, '이혼'이란, 이젠 혼자가 된다는 뜻이다. 길상민 객담

☞ 일본인 코치들은 선수의 장점보다 결점을 보완하는 데에 주력하고, 미국인 코치들은 결점보다 장점을 살리는 데에 주력한다고 하나, 미·일 합작으로 결점을 보완하고 장점을 살려주면 금상첨화가 아니겠는가? 길상민 객담

☞ 크리스천들은, 아예 죄를 짓지 않도록 인도해 달라고 하느님께 기도하는 것이 아니라, 이미 잘못을 저질러 놓고 죄를 사하여 달라고 기도하고들 있으니, 이는 마치 법정에 선 피의자가 담당 판사에게 죄를 무마해 달라고 통사정하는 정황과 무엇이 다르겠는가? 길상민 객담

☞ 도박과 쪽박은 불가분의 관계임을 명심
하라. 김상민 객담

☞ 배고플 때 뜨거운 죽 식히는 것이나 끓
는 밥 기다리는 것이, 차라리 굶는 것보
다 더 참기 어렵다. 김상민 객담

☞ 자신은 용서하면서도 남을 용서하지 못
하는 자는 소인배요, 남은 용서하면서도
자신을 용서하지 않는 자는 군자라 할
수 있다. 김상민 객담

☞ '서랍'을 영어로는 'Drawer'라 하고, 일
본어로는 '히키다시(引き出し)', 중국어
로는 '쵸티(抽屉)'라고 하여, '당기다'나
'뺀다'는 뜻만 있을 뿐, 우리말처럼 빼기
도 하고 닫기도 한다는 '빼닫이'같은 훌
륭한 말은 찾아 볼 수 없다. 김상민 객담

☞ 박식(博識)한 사람들은 남은 잘 알면서도 정작 자신은 잘 모르기 일쑤다.

김상민 객담

☞ 불의를 보고도 침묵을 지키는 것이 선량한 사람들의 가장 비굴한 습성이다.

김상민 객담

☞ 여자들은 자기보다 예쁜 여자와 함께 다니길 싫어하지만, 남자들은 자기보다 못난 사람과 다니길 꺼려한다. **김상민 객담**

☞ 거지들에게 적선하는 건 죄악이 될 수도 있다. 왜냐하면, 아무도 주는 사람이 없으면 어떻게 해서든지 다른 일을 할 수밖에 없지만, 동정해 주면 그런 비럭질을 계속하게 되기 때문이다. **김상민 객담**

☞ 사랑은 고통이 쾌락이다. 길상민 객담

☞ 아무리 훌륭한 인격자라 해도 세상 모든 사람들에게 골고루 존경받을 순 없다. 길상민 객담

☞ 남자로 태어난 걸 후회하는 사람은, 여우 같은 여자와 결혼을 해야 하기 때문이요, 여자로 태어난 걸 후회하는 사람은 늑대 같은 남자와 결혼해야 하기 때문이다. 길상민 객담

☞ '뉴스(News)'란 원래 '사방' 즉 'North(북)', 'East(동)', 'West(서)', 'South(남)'의 이니셜로서, 동서남북 사방에서 일어나는 사건이나 소식을 뜻하는 말이 된 것이다. 길상민 객담

☞ 작은 포부로 크게 성공한 사람 없다.
김상민 객담

☞ 모기나 빈대 벼룩이 사람의 피를 빠는 것은 모질고 잔인해서가 아니라, 그들도 살아가기 위해서다. 김상민 객담

☞ 탈무드에, "책은 설령 적이라 할지라도 빌려 달라면 빌려 주어라. 그러잖으면 당신은 지식의 적이 된다."고 했으니, 그들의 철저한 시오니즘 정신을 충분히 엿볼 수 있을 것 같다. 김상민 객담

☞ 하루가 모여 한 달이 되고, 한 달이 열두 번 모여 일 년이 되며, 일 년이 백 번 모여 백 년이 된다. 그런 백 년 삼만 육천 오백 일을 숨가쁘게 살아야 하는 것이 우리 인생살이가 아니던가? 김상민 객담

☞ 시작은 숨길 수 있어도 결과는 숨길 수 없다. 김상민 객담

☞ 험담을 듣는다는 건 구타당하는 것보다 더 괴로운 일이다. 김상민 객담

☞ 제자와 결혼하는 사람은 평생 고분고분 선생님으로 모셔줄 줄 알지만, 곧 위대한 착각이었음을 깨닫고 때늦은 후회를 해도 소용없음을 어이할꼬. 김상민 객담

☞ 물이 끓어 증발하면 수증기가 되고, 수증기가 냉각되면 다시 물이 된다. 물은 액체요 수증기는 기체이니, '액체가 곧 기체요 기체가 곧 액체'라는 이론이 성립되므로, '색즉시공 공즉시색(色卽是空 空卽是色)'이라 할 수 있으나, 물은 물이요, 수증기는 수증기다. 김상민 객담

☞ "젊어 보인다"는 말은 "늙었다"는 말을 에둘러 표현하는 귀치레임을 알면서도 기분 나빠 하는 여자는 없다.. **길상민 객담**

☞ 성형외과 의사들은 못생긴 여자들만 좋아하고, 산부인과 의사들은 배부른 여자들만 좋아한다. **길상민 객담**

☞ 물질적인 재산은 도둑맞을지언정, 머릿속에 든 지식은 스스로 물려주기 전엔 절대로 도둑맞을 일이 없다. **길상민 객담**

☞ 여친이 남친에게 "사랑해"라고 말하는 건 "네 맘이 변치 않는 한"이라는 조건부가 생략된 말이며, 남친이 여친에게 "사랑해"라고 말하는 건 "다른 여자가 생길 때까진"이라는 단서가 생략된 말이라고 봐야 한다. **길상민 객담**

☞ 저금통은 동전 수가 적을수록 소리는 더 요란하다. 김상민 객담

☞ 훌륭한 아버지도 못난 자식에겐 무거운 짐이 된다. 김상민 객담

☞ 앞앞이 말할 수 없는 고통이 가장 처절한 고통이다. 김상민 객담

☞ 돼지가 살이 오른다는 건 자기 목숨을 재촉하는 길이다. 김상민 객담

☞ 의회 민주주의라고 해서 완전무결할 수는 없다. 다만 공산주의, 군국주의, 사회주의, 봉건수의, 국가주의 등의 모든 주의(主義) 중에서도 그나마 가장 무난한 것이 민주주의인 것만은 누구도 부인할 수 없으리라. 김상민 객담

☞ 자신이 현명하다고 생각하는 것처럼 어리석은 자는 없다. **김상민 객담**

☞ 운동은 건강한 육체를 보장하고, 독서는 건강한 정신을 보장해 준다. **김상민 객담**

☞ 불행에 닥쳤을 땐 더 가혹한 불행도 있다는 사실을 상기해 보라. **김상민 객담**

☞ 위기에 처했을 때 영·미어로는 "Please help me.", 중국어로는 "칭빵방워(请帮帮我)", 일본어로는 "다스케테구다사이(助けて下さい)."라고 하여, "좀 도와 달라"고 하지만, 우린 아예 '날 잡아 잡숴' 하듯이 "사람 살려"라고 하여 완전히 의타적인 행동을 취한다. 그러나 "거기 누구 없소?"라고 할 수도 없으니 그냥 "도와 주세요"라고 하면 된다. **김상민 객담**

☞ 내 물건처럼 남의 것도 아끼고, 자신을 사랑하듯 이웃도 사랑하라. 김상민 객담

☞ 세상에서 나를 가장 잘 아는 사람은 거울 속에서 찾을 수밖에 없다. 김상민 객담

☞ 소를 보고 다들 미련하다고 한다. 그러나 소는 뒤에서 몰고 가지만, 말(馬)은 앞에서 끌고 가야 한다. 김상민 객담

☞ 끈 떨어진 뒤웅박 신세보다 더 비참한 것이, 바로 인기 떨어진 연예인이나 임기 끝난 권력자들의 신세다. 김상민 객담

☞ 남자들은 꼭 필요한 물건이 있을 경우, 시세보다 약간 비싸더라도 질러버리지만, 여자들은 필요 없는 물건도 싸다고 생각되면 무조건 사고 본다. 김상민 객담

☞ 정녕 간절하게 꿈꾸는 자의 꿈은 언젠가
는 반드시 이루어지게 마련이다.
김상민 객담

☞ 날개 달린 짐승 치고 네 발 달린 짐승 없
고, 뿔 달린 짐승 치고 송곳니 가진 짐승
없다. **김상민 객담**

☞ 마누라 하는 짓을 보면 내가 얼마나 사
람 볼 줄을 몰랐던가를 뒤늦게 깨닫게
되어 절로 한스러울 뿐이다. **김상민 객담**

☞ 욕심 부릴 것 없다. 잠시 왔다가 잠깐 빌
려 쓰는 것일 뿐, 이 세상에 내 것이라곤
아무것도 없는 것을. 내 육신도 언젠가
는 자연으로 돌려줘야 하고, 내 정신조
차 내 마음대로 할 수 없으니, 어찌 내
것이라고 할 수 있겠는가? **김상민 객담**

☞ 걱정한다고 해서 없어질 근심이라면 걱
정하지 않는 놈이 바보다. 김상민 객담

☞ 인생 60은 청춘의 황혼기이지만, 노년기
의 소년 시절이 아니겠는가? 김상민 객담

☞ 나옹선사는 물 같이 바람 같이 티 없이
살라 하고, 서산대사는 눈 위에 발자국
도 함부로 남기지 말라 했으니, 이런들
어쩌하며 저런들 어쩌하랴. 김상민 객담

☞ 미국인은 부부 중심, 유태인은 부자(父
子) 중심, 독일인은 엄부 가족 중심, 영
국인은 엄모 가족 중심, 프랑스인은 양
친 가족 중심으로 가족 관계가 형성된다
지만, 한국인은 모자 중심으로 형성되어
있어, 남편들은 저만치 밀려나 있다는
사실을 뒤늦게야 알게 된다. 김상민 객담

☞ 대부분의 사람들이 오이씨를 뿌려놓고 수박이 열리기를 기대한다. 김상민 객담

☞ 빚지고도 거짓말하지 않는 사람은 바보 아니면 진실한 사람 둘 중 하나다. 김상민 객담

☞ 자는 것보다 더 평안한 안식은 없다. 그러나 영원히 잠든다는 건 슬픈 일이 아닐 수 없다. 김상민 객담

☞ 밴댕이 소갈머리라고들 하나 밸까지 없는 것도 아니요, 흑인들 피부가 검다 해도 마음마저 검은 건 아니다. 김상민 객담

☞ 교통사고는 과실 유무를 따지면서도, 폭행사건은 원인이야 어찌 됐든 무조건 피해자 위주로 조서를 꾸민다. 김상민 객담

☞ 말이란 잘하면 보약이 되지만, 잘못하면 독약이 된다. **김상민 객담**

☞ 자신이 하고 싶은 일을 할 수 있다는 건 행복한 일이다. 그러나 지금 하고 있는 일을 즐길 수 있다는 건 그보다 훨씬 더 행복한 일이다. **김상민 객담**

☞ 숨은 들이쉬고 내쉬기도 하지만, 들이쉰 숨을 내쉬지 못하거나, 내쉰 숨을 들이쉬지 못하면 10분 내로 작별을 고하는 것이 생명체들의 비극이다. **김상민 객담**

☞ 세계 제패를 꿈꾸던 알렉산더·히틀러·나폴레옹·히로히토·칭기즈칸 등의 숱한 영웅호걸들이 몰락한 이유는, "과욕 (過慾)에는 귀신도 돌아앉는다."는 간단한 진리를 몰랐기 때문이다. **김상민 객담**

김상민
객 담

초판인쇄 · 2017년 3월 27일
초판발행 · 2017년 4월 5일

지은이 | 김상민
펴낸이 | 서영애
펴낸곳 | 대양미디어

출판등록 2004년 11월 제 2-4058호
04559 서울시 중구 퇴계로45길 22-6(일호빌딩) 602호
전화 | (02)2276-0078
팩스 | (02)2267-7888

ISBN 979-11-6072-007-5 03810
값 10,000원

이 도서의 국립중앙도서관 출판예정도서목록(CIP)은 서지정보유통지원시스템 홈페이지
(http://seoji.nl.go.kr)와 국가자료공동목록시스템(http://www.nl.go.kr/kolisnet)에서
이용하실 수 있습니다.(CIP제어번호 : CIP2017007431)